당신을 위한
육아 나침반

죄책감에 길을 잃은 엄마들을 위한 육아 솔루션

당신을 위한
육아 나침반

조영애 지음

P 프로방스

저는 사랑도 많고, 죄책감도 컸던 엄마입니다. 아이들을 볼 때면 사랑이 가슴에 충만하다가 한번 울리기라도 하는 날엔 죄책감에 밤새도록 잠 못 이루던 그런 엄마였지요.

그랬던 제가 아이들과 제 마음이 한 치의 어긋남이 없이 사랑으로 함께 하고 있다는 것을 깨닫게 되었습니다. 아이들과 제가 진심으로 통하고 있다는 그 믿음이 서로에게 얼마나 큰 감사이고 행복인지 모릅니다.

이 책은 제가 아이들을 키우면서 죄책감을 내려놓고, 제 안에 있던 사랑을 찾게 된 이야기를 담고 있습니다. 잘하는 것을 보지 못하고 못 하는 것에만 초점을 맞춰 자신을 채찍질했던 시간을 뒤로하고, 잘하는 것으로 아이들에게 기쁨을 주고 사랑으로 함께 하게 되었습니다. 이런 제 경험이 누군가에게 도움이 되었으면 하는 마음으로 책을 썼습니다.

두 번의 유산 끝에 얻은 아이들이라 참 많이도 귀했습니다. 힘들어서 쌍둥이를 어떻게 키우냐는 어른들의 말씀에도 "저는 좋기만 한데요" 했어요.

　저는 결혼 전 배려 깊은 사랑을 알았고, 나중에 엄마가 되면 아이들을 배려 깊은 사랑으로 키우리라는 생각을 했습니다. 그러나 모르는 부분이 많았기에 책을 보면서 열심히 배우고 실천하려고 노력했습니다. 아이가 울면 최선을 다해 빨리 달려가 아이를 안고 달랬습니다. 아이가 울지 않을 때도 아이가 예뻐서 품에 안고 많은 시간을 보냈어요.

　엄마와 자신을 한 몸으로 여기는 두 아이와 정말로 한 몸이 되어 모든 것을 함께 했습니다. 신체 리듬을 존중받으면서, 자유로운 환경에서 왕성한 지적 호기심을 충족시킨 아이들은 그사이, 자연스러운 아이들로 빛나게 자라고 있었습니다.

　저는 차갑고 이기적이고 독하다는 말을 들었던 사람인데, 그렇지 않다는 걸 아이들을 키우며 깨달았습니다. 제 품에서 곤히 잠든 아기를 바라보면 제 가슴에 사랑이 충만했어요.

　밤새 죄책감에 시달리다가 아침에 맑은 아이들을 보면 다시 사랑이 샘솟았습니다. 몰라서 배우려고 노력했는데, 배우면서도 알 수 없는 불안과 두려움들이 올라오곤 했어요.

그때는 몰랐습니다. 그 시간이 부족했던 1%의 확신을 채워가는 시간이었다는 걸. 아이들에게 무언가를 강요하지 않고 자연스럽게 순리대로 키웠습니다. 그 이면에는 그렇게 했을 때 내적 불행이 생기지 않을까 하는 두려움도 있었지만, 그런 두려움 속에서도 아이들은 밝게 빛났고 행복하게 육아한 날들이 더 많았습니다.

자신을 존중하려고 노력하는 엄마 안에서 마음껏 놀며 새로운 것을 탐색하는 아이의 눈빛은 어느 보석보다도 반짝반짝 빛나고 있었어요. 저는 그 맛에 포기하지 않고 계속 노력했어요. 아이가 자신이 갖고 태어난 무한한 인간의 가능성을 펼칠 기회를, 엄마인 제가 지켜주고 싶었습니다.

저는 뭐든지 처음에 배울 때는 더딘 편이고 완벽하게 이해하지 못하면 너무 답답해해요. 일은 어느 정도 답이 정해져 있는 거니까 그래도 수습 기간을 견디는데 육아는 답이 없잖아요. 막막하고 애매한 게 굉장히 두려웠어요. 보이지 않는 캄캄한 터널 속을 걷는 것처럼 두려웠지만, 눈물 훔치고 힘내서 본능이 이끄는 대로 '배려 깊은 사랑'을 믿기로 선택하며 왔습니다.

책을 쓰면서 옛날 사진들을 보는데 사진 속의 제가 죄다 면바지에 늘어난 면티를 입고 있네요. 머리를 일주일에 한 번씩 감으면서도, 웃는 날이 더 많았던 그 날들이 참 많이도 그립습니다.

육아만 했던 지난 시간 동안 '나'라는 존재는 사라졌다고 생각했어요. 그런데 그 어느 때보다도 치열하고 아름답게 인생을 살아낸 제가 있습니다. 그 시간들 속에서 아이들과 함께 저도 성장해 왔다는 것을 알았습니다. 너무 힘이 들어 도망치고 싶기도 했습니다. 지나고 보니 그 모든 시간이 사랑을 찾아가는 빛나는 여정이었다는 것을 알았습니다.

'노력은 결과를 배신하지 않는다'라는 말이 있지요. 하지만 때로는 시험에서 운이 작용한다 싶을 때도 있습니다. 그런데 육아는 그렇지 않더라고요. 육아는 아이를 사랑하는 엄마의 노력이 전부예요. 이번 생은 나에게 너무 가혹하다며 신을 원망하던 삶이었습니다. 나를 지키기 위해 마음의 문을 닫아버린 정원 속의 거인이었습니다.

그러나 '배려 깊은 사랑'을 실천하려 노력하면서 제 인생이 그렇게 나쁘지만은 않다는 것을 깨달았어요. 제가 내적 불행이라고 생각했던 부분들이 육아에는 약으로 쓰였습니다. 있는 그대로의 저를 수용하기 시작했고, 실수를 받아들이고 저 자신을 안아주는 날이 많아집니다. 아직도 진행 중이긴 하지만 그런 저의 변화가 참으로 반갑고 행복해요.

아이들을 만나고 제가 '사랑'을 너무나도 간절히 기다렸다는 것을 알았습니다. 그 '사랑'이 이미 제 안에 있었다는 것을 깨달았을 때는 가슴 깊이 감사함이 올라왔어요. 간절히 받고 싶었던 귀하고 소중한 존재 자체로의 사랑. 아이들에게 준다고 줬는데 그러면서 저 자신이 그런 사람이 되어가고 있었네요.

아이들은 저에게 사랑을 알려주고 사랑으로 살기 위해 이 세상에 왔습니다. 엄마들이 부디 죄책감으로부터 자유로워질 수 있기를 바랍니다. 자신 안의 사랑을 찾는 모두의 육아를 응원합니다.

세상 그 무엇과도 바꿀 수 없는 소중한 나의 두 아들. 엄마가 너희들에게 축복을 보낸다. 더도 말고 덜도 말고 지금처럼 함께 하자. 사랑해. 그리고 사랑하는 나의 남편, 당신을 만난 건 내 삶의 가장 큰 행운이에요. 사랑합니다.

저에게 생을 선물해 주시고, 아름다운 인간으로 키워주신 친정 부모님 감사합니다. 그리고 부모가 자식에게 주는 사랑을 경험하게 해 주신 시부모님 감사합니다. 믿어 의심치 않는 든든한 버팀목인 형제, 자매, 그리고 친구에게 감사합니다.

배려 깊은 사랑을 먼저 실천하시고 나누어 주신 최희수 소장님, 신영일 대표님, 두 분 덕분에 모두가 사랑임을 알았습니다. 감사합니다.

지금 이 순간에 책 다 읽고 감동으로 벅찬 마음으로 글을 씁니다.
정말 좋은 책입니다. 책을 다 읽는 것이 아쉽고, 읽고 또 읽고 싶
은 책입니다. 읽으면서 감탄이 절로 나옵니다.

육아의 기준이 분명하고 경험에서 우러난 배려 깊은 사랑의 실천
서입니다. 이런 마음으로 아이를 키우면 아이들은 유능하며 행복
하고 자신을 사랑하는 사람으로 성장하지요.

푸름이교육에서는 시인의 감성과 과학자의 두뇌를 가진 무한계
인간이라고 부르지요. 우리 모두의 아이들이 그렇게 자랄 것입니
다. 배려 깊은 사랑의 육아를 하면서 치열하게 대면하고 자신이
사랑임을 찾아 우리 모두에게 이 책을 통해 조건 없는 사랑을 나
누어 준 저자에게 감사함을 전합니다.

– 푸름이교육연구소 **최희수 소장**

차례

1장
엄마가 된다는 것

2장
배려 깊은 사랑 안에서 고유하게 자라는 아이들

3장

행동이 사랑입니다

4장

자연스러운 아이를 키우는 '순리 육아'

5장

놀이, 놀이, 놀이

6장

육아는 기다림!

엄마가
된다는 것

간절히
엄마가 되고 싶었어요

순두부처럼 보드라운 남자를 만나 남들처럼 평범하게 연애를 하고 결혼했어요. 그리고 결혼 4개월 만에 임신했습니다.

남편 손을 잡고 설레는 마음으로 병원을 찾았지요. 아기를 볼 수 있을까 기대했는데 아기집이 보이지 않았어요. 아직 너무 초기라서 그럴 수 있다는 의사 선생님의 말씀을 듣고 집으로 돌아왔어요. 그런데 곧 하혈이 시작되었습니다. 오전, 오후 두 번의 피검사를 했고, 유산이 진행되고 있다는 걸 알았어요.

'왜 나에게 이런 일이 일어난 걸까?' 너무 속상해서 말이 안 나왔어요. 하혈과 함께 툭 하고 무엇인가가 몸에서 빠져나왔는데 그걸 보는 순간 자궁에 자리 잡지 못한 아기집이라는 걸 알았어요.

2주 넘는 시간 동안 하혈을 하면서 아기를 지키지 못했다는 죄책감에 참 많이 힘들었어요. 내 몸이 건강하지 않은 걸까 하는 생각도 많이 들었고요.

자연유산은 원인이 없다는데 차라리 원인이라도 알고 싶었어요. 의사 선생님은 마음을 편하게 가지면 곧 아기가 찾아올 거라고 하셨지만, 제 마음은 마냥 불편하기만 했지요. 양가 어른들 뵐 면목도 없고 여자로서 낙제점을 받은 것만 같았습니다. 그래도 한 번이니까 처음이니까 다음은 괜찮겠지 하는 생각이 한 가닥 희망이 되어 주었어요.

아직 젊고, 건강하고, 요즘에는 자연유산이 너무나도 흔한 일이 되었다는 의사 선생님 말씀에 용기를 가지고 다시 임신을 준비하기 시작했습니다. 이런저런 검사를 했는데 모든 것이 정상이래요. '그래, 내 몸에 이상이 있을 리가 없지. 이제 모든 것이 잘 될 거야.'

그리고 9개월 후에 저는 두 번째 임신을 했습니다. 그런데 그 기쁨도 잠시, 저는 또다시 유산을 하고 말았습니다. 첫 번째 임신했을 때와 마찬가지로 피검사로는 임신인데, 아기집이 보이지 않았어요. 그렇게 또 시차를 두고 피검사를 했고, 자연유산이 진행되고 있다는 이야기를 들었습니다.

아… 그때 그 심정을 글로 어떻게 표현할 수가 있을까요? 속상하다는 말로는 부족하지요. 너무 큰 상실감에 하늘이 무너지는 것 같았습니다. '내 몸은 임신을 못 하는 몸인 걸까?' 처음 한 번은 그렇다 쳐도 두 번씩이나 유산했다는 사실이 믿기 어려울 만큼 괴로웠어요. 세 번째부터는 습관성유산에 들어간다는 말씀을 듣고는 어찌나 속이 상하던지 너무도 두려웠습니다.

며칠 동안 정신 나간 사람처럼 울기도 하고, 멍하니 넋을 놓고 있기도 하고 시간이 어떻게 흘러가는지도 몰랐어요. '자연 유산', '습관성 유산', '착상' 단어들을 검색하면서 도대체 원인이 무엇일까? 찾으려고 애를 썼습니다. 그런데 찾을 수가 없었어요. '내가 지금 이렇게 괴롭고 힘든데! 원인이 없다니! 그럼 나는 어떡하라는 말이야!' 누구라도 붙들고 이유를 알려 달라고 하소연하고 싶었어요. 이유라도 알면 고치면 되지 않겠냐고요.

밖에 나가면 임산부만 눈에 들어왔어요. 우리나라가 저출산 국가라고 하는데 왜 이렇게 임산부들이 많은 건지….

'저 사람들은 기분이 어떨까? 세상을 다 가진 기분이겠지!'

저도 임신을 하고, 병원에 가서 초음파 사진도 찍고, 사진 속의 아기를 보면서 가족들과 기뻐하는 모습을 상상했어요. '그게 가능하기는 할까? 내게도 그런 일이 일어날까?' 너무나도 먼 일처럼 느껴졌습니다.

반면에 또다시 임신하게 되는 것이 두렵기도 했어요. 두 번의 임신과 두 번의 유산을 경험하면서, 저는 임신을 해도 지키지 못할 것이라는 불안감이 컸어요. 주변의 그 어떤 말도 위로가 되어주지 못했습니다.

자꾸만 저 자신에게 탓을 돌리며 원인을 찾기 위해 안달하는 제가 있었지요. 내 몸이 차가운 건 아닐까, 내 식습관이 잘못된 건 아닐까, 이런저런 이유를 찾다가 어느 순간 근본적인 물음에 이르렀어요.

'나는 왜 아기를 갖고 싶어 하는 거지? 왜 이토록 임신에 목을 매지? 진정으로 엄마가 되고 싶은 것이 맞나?' 이런 질문을 저 자신에게 던졌습니다.

결혼을 했고, 자연스럽게 임신을 했어요. 그냥 남들 하는 것처럼 그랬어요. 그런데 안타깝게도 유산을 했고, 유산 후로 다시 임신해야 한다는 압박감에 생활의 모든 것이 임신 위주로 돌아가고 있었어요. 남편과의 시간도 즐겁지가 않았고, 음식을 먹을 때도 제 욕구보다는 건강에 좋은 것만을 찾아 먹었어요. 그렇게 제가 임신을 위한 삶을 살고 있다는 것을 알았어요.

약 1년 4개월 정도를 그렇게 살다가 어느 날 갑자기 '다 놓아버리자'하는 생각이 들었어요. 그렇게 사는 것이 너무 지겨웠어요. 사람들을 만날 때마다 그들이 저를 안타깝게 보는 것 같아서 불편했고, 무엇보다 자신을 그렇게 생각하는 저 자신이 싫었어요.

언제까지 그렇게 살 수는 없었습니다. '내 몸에 이상 없다고 하잖아. 모든 것이 정상이라고 하잖아. 때가 되면 아기가 찾아오겠지. 안 오면 어쩔 수 없는 거고.' 이런 생각이 들었어요. 한 생명을 갖는 일이 제 마음대로 되는 일이 아니라는 것을 깨닫기 시작했습니다. 상황을 받아들이고 나니 어느 정도 마음의 짐을 놓을 수가 있었고, 그때부터 자유롭게 생활했어요. 연말 분위기 마음껏 만끽하면서 남편과 술도 한잔 기울이고, 맛있는 음식도 먹으러 다녔어요. 새해가 밝으면 남편 검사 한번 받아보고, 이상 없다고 하면, 그냥 다 내려놓고 하늘에 맡기자 약속도 했지요.

"우리에게 아기가 찾아오지 않는다면, 우리 둘이서 재미있게 여행이나 다니면서 살지 뭐." 남편과 이런 대화를 주고받을 때는 정말 모든 걸 내려놓았던 것 같아요.

그런데 그로부터 며칠 후 저는 세 번째 임신을 확인하게 되었습니다. 과학적으로 증명된 것은 아니지만, 마음이 편해야 한다는 말이 무슨 뜻을 품고 있는지 저는 경험했어요.

그렇게 간절히 원할 때는 안 되더니 모든 걸 다 내려놓고 나니 임신이 되었어요.

이른 새벽에 일어나 임신 테스트기로 임신을 확인한 순간, 왠지 마음이 차분하더라고요. 좋아서 소리라도 지를 줄 알았는데 말이지요. 임신을 확인하고는 다시 침대로 가서 조용히 누웠어요. 남편이 출근을 위해 일어나고 나서야 남편에게 소식을 전했어요. 남편은 제 행동을 다 보고 있었다고 해요. 제가 그냥 침대로 오는 걸 보고 임신이 아닌가 보다 생각해서, 제가 속상할까 봐 가만히 있었던 것이더라고요.

1년 4개월 만의 임신이 기쁘기도 했지만 저도 모르는 사이에 두려움이 훅 올라왔어요. 그래서 계속 '괜찮을 거야. 잘 될 거야. 마음 편하게 갖자. 이번엔 왠지 느낌이 좋아' 하면서 기도하고 있었어요.

두 번의 유산을 하면서 저는 또 임신하면 무조건 입원을 하기로 가족들과 이야기했었습니다. 그렇게 임신을 확인하던 날 아침에 바로 입원을 했어요.

이번에는 꼭 지키고 싶었어요. 그리고 왠지 그럴 수 있을 것만 같았어요.

기적 같은 쌍둥이 임신
: 두렵고 겁나지만 나는 이제 엄마니까

입원과 동시에 입덧이 시작되었습니다. 두 번 임신했었어도 입덧은 처음 겪는 일이었어요. 속이 울렁거려 불편했지만 아기가 건강하다는 신호로 받아들이니 입덧마저도 감사했어요.

'나도 입덧이라는 걸 하는구나. 아가야, 이렇게 건강하다고 인사해줘서 고마워' 모든 것이 믿어지지 않을 만큼 기쁘고 행복하기만 했습니다. 시간이 빨리 흐르길 기도했어요. 아기집이 무사히 자궁에 안착했다는 것을 확인하고 집으로 돌아가고 싶었습니다.

입원해 있는 동안 약간의 출혈이 있어서 십 년 감수했지만, 무사히 잘 지나갔어요. 그리고 퇴원 전날 마지막 초음파를 했습니다. 그런데 의사 선생님께서 한참 동안 말씀이 없으신 거예요.

저 또한 이전 초음파에서는 볼 수 없었던, 새로 생긴 새까만 점 하나를 보면서 '저게 뭐지?' 하고 있었어요. 그런데 의사 선생님 말씀이 너무 놀라웠습니다.

"쌍둥이인가? 아기가 한 명 더 있네요."

오 마이 갓! 도대체 무슨 일이 일어난 거지요? 저는 너무 좋아서 소리를 질렀어요.

"선생님, 그렇죠? 저기 아기 맞죠? 어머, 어떡해 오빠. 쌍둥이래!"

그런데 이어진 의사 선생님 말씀이 충격이었어요.

"나중에 생긴 아기가 심장 박동이 너무 느려요. 대부분이 이러다가 자연적으로 소멸됩니다. 집에 가서 안정을 취하고 있다가 일주일 후에 다시 확인해 보기로 하지요."

아기의 심장은 정말 느리고 약하게 뛰고 있었어요. 의사 선생님 말씀이 무슨 말씀인지 알 것 같았습니다. 하지만 저는 실망할 겨를도 없이 아기를 지켜야 한다는 생각만 들었어요. 그리고 그 순간부터 저의 간절한 기도가 시작되었습니다. 두 아이의 태명을 불러주면서, 시도 때도 없이 기도했어요.

"아기야, 우리는 할 수 있어. 엄마도 힘을 낼게. 일주일 후에 우리 꼭 건강한 모습으로 만나자."

그렇게 하루, 이틀, 사흘 시간이 흐르면서 수없이 많은 기도를 했습니다. '아기는 잘 있을까?' 너무 궁금했지만 할 수 있는 것이 기도뿐이었어요. 그렇게 세상에서 가장 긴 일주일이 지나고 다시 병원을 찾았어요.

그리고 저는 기적을 경험하게 됩니다. 곧 멈춰도 이상할 게 없을 만큼 느리고 약하게 뛰고 있던 아기의 심장이 놀랍게도 힘차게 뛰고 있었어요. 초음파에서 들려오는 아기의 심장 소리를 들으면서 정말이지, 가슴이 너무 벅차서 아무 말도 할 수가 없었습니다.

아… 그때의 그 감동을 어떻게 말로 설명할 수가 있을까요!

오랜 시간이 흘렀지만 저는 지금도 그 이야기를 할 때면 눈물이 납니다. 그리고 아이들에게 욕심이 올라올 때면 언제나 그 기억을 떠올리면서 마음을 다잡곤 해요.

아기가 생명을 붙들기 위해 얼마나 애를 썼을까? 생명의 신비로움에 놀랐고, 아기들이 더 없이 귀한 존재로 다가왔습니다.

그렇게 기적처럼 저는 쌍둥이 엄마가 되었어요. 힘들게 세상에 온 이 소중한 두 생명을 행복한 아이들로 키우고 싶다 다짐을 했습니다.

나중에 와서 돌이켜보니 그때 느낀 제 감정이 책임감이었더라고요. '두렵지만 이제 나는 엄마이니까' 열심히 배우고 노력해서 두 영혼이 아름답게 성장할 수 있도록 도와주고 싶었습니다.

육아 독립을 향해
'사실은 나도 두렵다 말하고 싶었는데'

저 날은 제가 처음으로 혼자서 아이들을 재운 날이었어요. 아이들이 7개월 정도 되었을 거예요. 아이들이 4개월 때부터 밤에 저 혼자서 아이들을 데리고 잤고, 아이들이 목을 가누고 나서는 저렇게 앞뒤로 아이들을 안고 업고 했어요. 하지만 아이들이 워낙 예민하고 섬세했기에 재우는 것은 혼자서 힘들었습니다.

일주일에 두 번은 시어머니께서 와서 도와주시고, 세 번은 남편이 일찍 퇴근해서 함께 아이들을 재웠어요. 그런데 저 날은 남편도, 시어머님도 오실 수가 없는 상황이었어요. 갑자기 닥친 상황에 저는 멘붕 상태가 되었지요.

저 날은 온종일 긴장되었습니다. '시간아 제발 천천히 가라'고

기도했지요. 그러나 야속하게도 시간은 흘러 아이들을 재워야 할 시간이 다가오더군요.

아이들은 졸리니까 칭얼대기 시작했고, 싱크대에서는 수돗물이 콸콸 쏟아지고 있었습니다. 저는 아기 띠와 힙 시트를 장착해야만 했어요. 저는 저 때 무슨 생각을 하고 있었을까요?

저는 '할 수 있다. 영애야, 할 수 있어. 너를 믿고 아이들을 믿어라.' 하면서 얼마나 비장했던지 몰라요. 그냥 머릿속에서는 '할 수 있다.'는 말만 되풀이하고 있었어요.

'지금부터 진짜 시작이구나. 그동안은 예고편에 불과했어. 지금부터 견뎌야 하는 시간이 시작된 거야.'

어찌어찌 아이들을 재우고 나서 기록하고 싶어서 사진을 찍었어요.

'오늘을 잊지 말자. 잘했어, 장하다.' 혼자서 어찌나 뿌듯하고 저 자신이 기특하던지요. 사진 속의 제 표정도 비장한 군사의 얼굴 같지 않나요?

그런데 시간이 지나 치유하면서 저 날의 나를 다시 만났어요. 저 비장한 얼굴 뒤에 숨겨진 진짜 제 속마음을 만났어요. 사실은 저 정말 두려웠고, 겁났고, 도망치고 싶었습니다. '난 아직 마음의 준비가 안 되었단 말이야!' 누구라도 붙들고 투정 부리고 싶었습니다.

'나 혼자서 이렇게 섬세한 아이를 두 명씩이나 어떻게 책임져! 나 못 해! 나 못 한단 말이야! 나 너무 무서워. 엉엉. 나 좀 도와주세요. 제발.'

이게 진짜 제 속마음이었어요. 그런데 저 때의 저는 '약해지면 안 돼. 약해지면 끝이야.'라고 생각을 했어요. 약해질까 봐, 무너질까 봐 진짜 속마음을 숨겨야 했던 저 자신이 가여워 얼마나 서러운 눈물이 흐르던지요.

괜찮았다고, 잘 해냈다고 생각했는데, 그렇게 억압했던 감정들은 제 안에 그대로 남아 있었어요. 그 감정들을 다시 만나서 온전히 느끼고 안아준 후에야, 비로소 보내줄 수가 있었습니다.

'영애야, 참 많이 두려웠지? 잠들기 전에 유난히도 많이 우는 아이들이었잖아. 가슴과 등 뒤에서 언제 끝날지 모르는 두 아이의 울음을 견디며, 혼자서 감당해야 한다는 사실이 겁나서 도망치고 싶었지. 그래도 넌 두 아이의 엄마니까 그 힘으로 그 시간을 잘 견뎌냈구나. 애썼어. 두렵고 고단했던 너를 위해 많이 울자. 네가 얼마나 힘들었는지 네가 제일 잘 알지. 정말 고생 많았어.'

지금 다시 저 때로 돌아간다면, 힘든 제 마음을 읽어주고 안아줄 거예요. 그래도 괜찮다고 인정해 줄 거예요. 그렇게 제 마음을 안아주고 나서 할 수 있다고 용기를 줄 거예요. 엄마인 저의 감정을 그대로 인정해 주는 것이 얼마나 중요한지 아이들을 키우면서 알았어요.

힘들다고 징징거리면 못 하게 될까 봐, 포기하게 될까 봐 겁이 났습니다.

시간이 지나 그래도 된다는 걸 알았어요.

"저 겁나고 무섭고 두려워요. 저 사실은 그래요. 이게 제 솔직한 마음이에요."

이렇게 표현만 해도 마음은 가벼워지더라고요. 그리고 엄마로서 아이들을 위해 사랑을 선택할 수가 있답니다.

힘들면 힘들다고 말해도 돼요. 그러면서 우리도 아이들과 함께 자라는 거지요. 엄마 자신을 다그치지 말고, 기다려주고 따뜻하게 보듬어 주세요.

2 장

배려 깊은 사랑 안에서

고유하게 자라는

아이들

이왕 하는 육아,
정성스럽게 배려 깊은 사랑으로

고백하자면, 저는 행복하지 않은 엄마였고 마음이 아픈 엄마였습니다. 행복하지 않은 삶, 나의 있는 모습 그대로 살지 못하는 자연스럽지 않은 삶이 얼마나 고달픈지 알고 있었기에 힘들게 세상에 나온 제 아이들은 그렇게 살지 않았으면 했습니다.

존재 이유를 증명하기 위해서 끊임없이 무언가를 해야 했고, 자신에게 쉼을 허락하지 못했지요. 내면 여행을 하고 치유하면서 그렇게 힘들었던 지난 시간을 마주하며 많이 울어야 했습니다.

지금은 저를 닮은 제 아이들이 예쁘고 사랑스럽지만 그때의 저는 제 아이들이 저를 닮을 거라는 생각을 하면 괴로웠지요. 내면을 모르면서 육아를 할 때도 아이에게서 못난 제 모습이 보이면 화가 났고, 그런 상황이 몸서리치도록 싫어서 도망치고 싶었습니다.

사랑이 많은 엄마라서 행복한 엄마라서 배려 깊은 사랑을 선택한 것이 아니었습니다. 스스로가 너무 불행한 사람이라 생각했기에 저처럼 살지 않았으면 해서, 아이들을 행복한 아이로 키우고 싶다는 의지가 강했습니다.

모성이 존재한다고 믿나요? 모성이 무엇인지 설명할 수 있나요? 저는 제 안에 사랑이 부족해서 사랑을 배워야 한다 생각하고 열심히 배웠습니다. 배워서라도 아이들에게 사랑을 주고 싶었으니까요. 그런데 지나고 보니 알겠더군요.

제가 스스로 사랑을 배우기로 선택하고 실천하기 위해 노력해 왔던 그 모든 순간이 사랑이었다는 것을요.

누가 시킨 것도 아니었고 알려준 것도 아니었습니다. 저 스스로 선택했습니다. 그저 제 본능이 이끄는 대로 행한 것이었지요. 저도 정확한 것을 좋아해서 증명된 것을 더 신뢰하지만, 사랑은 그저 느끼는 것이지요. 내 안에 사랑이 있음을 누구에게 어떻게 말로 설명을 할 수가 있을까요.

그저 행동에서 눈빛에서 느낄 수가 있습니다.

저의 육아는 책임감에서 시작했습니다. 아이들이 힘들게 세상에 나왔기에 더없이 소중했고 귀했습니다. 비교와 차별에 대한 상처 때문에 아이를 한 명만 낳을 거라 다짐했지만, 두 번의 유산이 너무 큰 아픔이었기에 쌍둥이라는 사실을 알았을 때도 마냥 기쁘기만 했지요.

이렇게 기적처럼 저에게 온 아이들인데 어떻게 그냥 대충 키울 수 있겠어요. 제가 할 수 있는 힘과 노력을 다해서 아이들을 사랑 충만한 아이들로 키우기로 다짐했습니다.

배려 깊은 사랑은 아이를 있는 그대로 사랑하는 것입니다. 아이가 자신이 갖고 태어난 무한계 인간으로서의 가능성을 마음껏 펼칠 수 있도록, 부모가 사랑으로 도와주려고 마음을 쓰지요. 아이의 감정을 존중하고 공감해 주지만, 잘못된 행동에 대해서는 부모가 소신과 양심에 따라 건강한 경계를 줍니다.

폭넓은 허용 안에서 아이는 자유롭게 세상을 탐험하고, 부모가 주는 건강한 경계 안에서 안정감을 느끼며 세상에 대한 신뢰를 쌓아갑니다.

아이를 통제와 교육 안에서 가르치는 것이 아니라 사랑과 배려 안에서 자연스럽게 세상을 배울 수 있도록 아이 내면의 힘을 끌어내 주는 것입니다. 앞에서 아이를 끌고 가는 것이 아니라 아이의 뒤에서 따라가면서 필요할 때는 사랑으로 방향을 잡아주는 것입니다.

돈도 없고, 배경도 없고, 화려한 스펙도 없는 지극히 평범한 부모였습니다. 가진 것은 아이들을 사랑으로 키우고 싶어 하는 마음뿐이었지요.

배려 깊은 사랑은 그런 저희 부부가 아이들에게 줄 수 있는 최고의 선물이었습니다. 그런데 배려 깊은 사랑은 인간 본성에 대한 내면의 성찰 없이는 지속하는 것이 불가능합니다.

아이가 사랑으로 빛이 날수록 부모 안의 어둠이 건드려지기 때문입니다.

아이들을 위해서 피하지 않고 대면하겠다 선택했는데, 그것이 저를 위한 길이기도 했다는 걸 깨닫습니다.

"엄마가 우리 엄마라서 정말 좋아요."라고 말하는 아이를 보면 힘들게 배우고 노력했던 시간이 아픈 게 아니라 그저 감사할 따름입니다.

"넌 나의 가장 좋은 친구"
서로를 사랑하는 아이들

저는 아이들을 친구로 키웠습니다. 쌍둥이라서 그 부분에 대한 결정이 조금 더 수월하기도 했지요. 주변 어른들께서 나중에 커서 호칭을 구분해야 할 때가 되면 곤란해질 수도 있다며 걱정도 하셨습니다. 아이들이 6살이 되었을 무렵 말을 해주었어요.

"우주야, 바다야, 너희들이 쌍둥이로 태어났잖아. 많은 쌍둥이 부모들이 먼저 태어난 아이를 형, 나중에 태어난 아이를 동생으로 키우고 있어. 그런데 엄마 아빠는 너희들을 친구로 키우고 싶단다. 그런데 너희들이 커서 어른이 되고, 결혼하게 되었을 때 형과 동생을 구분해야 하는 상황이 생길 수도 있어. 그때는 너희들이 성인이니까 잘 의논해서 하길 바라."

아이들은 제 말을 정말 잘 이해해 주었어요. 그런데 아이들이 9살이 된 지금에 와서 생각해보니, 나이 차이가 나는 형제자매 사이에서도 충분히 가능한 일이라는 생각이 듭니다.

저는 제 선택에 대한 후회도 없고 잘한 일이었다고 생각을 하지만, 지금의 의식으로 그때로 돌아간다면 형 동생으로 키울 수도 있을 것 같아요.

그때는 제가 두려움이 많은 엄마였기에 걱정이 앞섰습니다. 그래서 애초에 비교와 차별의 싹을 자르기로 선택을 했던 것이지요.

처음부터 친구로 키운다면 아이들에게 각자의 서열에 따른 역할을 강요하는 일이 없을 거라는 생각이 들었습니다.

형에게 "네가 형이니까.", 동생에게 "네가 동생이니까." 하는 부담을 주지 않고, 아이들을 존재 자체로 존중한다면 아이들은 서로에게 그저 좋은 친구가 될 수 있으니까요.

부모가 두 아이를 어떻게 대하느냐에 따라서 아이들은 친구가 되기도 하고, 경쟁자가 되기도 합니다.

우리는 우리가 학습한 대로 형에게 형으로서의 역할을 강요하고 짐을 지워줍니다. 동생과 2살 차이가 난다면 형도 이제 겨우 3살인 어린 아이인데 말이지요.

아이가 한 명이다가 두 명이 되면 엄마는 마음 안에서 분리가 일어나기 때문에 괴롭습니다. 엄마 안에 사랑을 나누어야 한다고 생각을 하지요. 사랑은 나누어지는 것이 아닙니다.

형을 바라볼 때는 형에게 온전히 100의 사랑을 주고, 동생을 바라볼 때는 동생에게 온전히 100의 사랑을 줄 수 있어요. 저도 처음에는 제 안의 사랑을 나누어 주어야 한다는 생각에 괴로웠지요. 이해를 돕기 위해서 100이라는 수치로 표현을 했지만, 사랑은 수치화 할 수 있는 것이 아니지요. 저 또한 아이들을 키우면서 '온전한 사랑'이 무엇인지 깨달았습니다.

제 아이들은 지금 서로를 그 누구보다 아끼고 존중하고 배려하며 자라고 있습니다. 형과 동생의 구분이 없어서 서로 힘겨루기를 하지는 않을까 했던 걱정은 기우였어요. 아이들은 서로를 진심으로 존중합니다. 그리고 서로가 잘하는 것을 기꺼이 인정해 줍니다. 외출할 때 서로의 신발을 가지런히 놓아주기도 합니다.

병원에 간 친구가 걱정되면 전화를 걸어 덤덤하게 위로를 건네기도 하지요. 치료를 마치고 돌아온 친구를 위해 현관에서 친구의 애착 베개를 들고 기다리고 있기도 합니다.

서로에게 서로의 존재가 사랑이고 큰 축복이라고 말을 합니다. 서로를 사랑하는 형제를 보는 것이 부모에게 얼마나 큰 행복인지요. 저도 사람인지라 가끔 욕심이 올라올 때면 이것으로 충분하다고 생각을 하면서 자신을 다독입니다.

형제자매 사이의
소유와 경계 지켜주기

* 아이들 물건은 각자 따로 사주기

　함께 갖고 놀게 하는 건 좋지 않아요. 아이들이 어릴 때는 같은 공간에 있더라도 따로 놀아요. 협동 놀이가 아닌 병행 놀이를 합니다. 어린아이들이 함께 놀기를 기대하는 건 엄마의 욕심이에요. 자신의 물건을 소유하는 경험을 통해 소중함을 배웁니다. 그래서 저는 무조건 두 개씩 샀습니다. 책도 사운드 북이나 플랩 북 같은 건 두 개씩 사주었어요. 각자 자기 책을 가지고 놀아야 하니까요.

* 네임 스티커 활용하기

　글자를 모르는 나이라도 반복해서 보다 보면 자기 이름 정도는 읽을 수 있어요. 아이들이 어릴 때는 백 마디 설명보다 시각적으로 보여주는 것이 도움이 된다고 생각했어요. 그래서 아이들이 돌이 됐을 때부터 이름 스티커를 제작해서 각자의 장난감에 붙였습니다. 그리고 말로 설명을 해주었어요. "이건 우주 거고, 저건 바다 거야. 친구 물건은 꼭 허락을 받고 만지는 거야." 집 안의 모든 장난감에 이렇게 이름을 붙여 놓으면, 이것만으로도 문제의 상당 부분이 해결돼요.

* 각자의 서랍 만들어 주기

아이들이 20개월이 됐을 때쯤 각자의 수납상자를 하나씩 만들어주었습니다. 그리고 설명을 덧붙였지요. "이것은 너희들이 소중하게 여기는 물건을 보관하는 상자야. 이 상자의 주인만이 열어볼 수 있는 거야. 친구 거는 절대로 열어보지 않기." 아이들이 자신의 물건을 소중하게 여길 줄 알아야, 타인의 물건 또한 그렇게 여길 거라 생각했어요. (아이들 서랍 안은 아이들의 영역이기에 아이들과 함께, 동의하에 오래된 물건들을 정리합니다.)

* 집 안에서의 경계는 엄마가 꼭 지켜주기

엄마가 좀 피곤해도 아이들의 경계를 일관되게 지켜주어야 합니다. 둘째가 형 것을 만지고 싶어 하는데 뜻대로 되지 않아 속상해할 때 "저건 형의 물건이니까 반드시 형의 허락을 받아야 해." 라고 알려주고 꼬옥 안아주었어요. 두 아이의 경계를 지켜주는 것

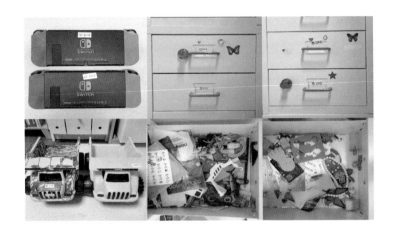

도, 경계를 넘으려다 좌절해 속상해하는 아이의 마음을 알아주고 보듬어 주는 것도 모두 엄마의 몫입니다. 이런 상황에서 자신의 경계를 보호받은 형은 동생에게 "이거 만져도 돼." "같이 가지고 놀자." 하면서 친절을 베풀어주기도 해요. 아이에 대한 배려 없이 무조건 "같이 좀 갖고 놀아라." 하는 것보다, 아이의 소유와 경계를 배려해 줌으로써 아이가 자발적으로 나눔을 배워가기를 바랐어요.

* 나누기 싫어하는 마음 인정하기

자기 것을 충분히 가져본 아이가 나눌 줄도 알아요. 그것은 이기적인 것이 아니라 당연한 마음이라고 생각하고, 나누기 싫어하고 함께 하기 싫어하는 아이 마음에 공감해 주었습니다. '이렇게 까지 싫어할까? 너무하네.' 싶어 공감하기 힘든 순간에는 어릴 적 내 것을 가져보지 못했던 저를 생각하면서 마음을 다독였어요.

* 남의 집 놀러 갈 때는 신중하게 생각하기

아이들이 어릴 때는 부정당하거나 거절당하는 경험을 최소화 하기 위해 노력했습니다. 남의 집에 가면 그 집의 물건을 탐색하고 싶어 할 것을 알기에, 그 집 엄마와 충분히 얘기를 나누고 허락해 준다고 하면 놀러 가게 했습니다. 우리 둥이는 친구 집에 놀러 가 도 친구 물건을 절대 먼저 만지지 않아요. 친구 엄마가 만져도 된 다고 말해도, 친구가 직접 말해주기 전에는 안 만지더라고요. 그 물건의 주인은 친구 엄마가 아니라, 친구라고 생각해서 그런 것이 었어요. 아이가 집으로 돌아오면 "친구가 장난감을 갖고 놀게 해 줘서 너희들이 재미있게 놀았네." 정도의 이야기만 해주었어요.

* 우리 집에 친구를 불러올 때 아이들에게 꼭 물어보기

우리 집에 누가 놀러 온다고 하면 반드시 아이들에게 "친구가 둥이 물건을 만져도 괜찮아?"라고 물어보았어요. 만약 싫다고 하 면, 양해를 구하고 놀러 오지 않게 했습니다.

* 아이들 사이의 감정적인 경계 지켜주기

아이들 물건의 경계가 잘 지켜지니 아이들의 감정적인 부분에도 경계가 생기더라고요. 사실 그때는 저도 좀 당황했어요. 다섯 살 때까지는 뭘 해도 함께 놀던 쌍둥이였는데, 어느 날 우주가 혼자서 놀고 싶다는 거예요. 장난감 자동차로 자기 혼자 해보고 싶은 게 있다면서요. 바다는 우주와 함께 놀고 싶은데 그러질 못하니 너무 속상해하면서 좌절하더군요. 그때 바다를 안고 달래는데 아이의 속상한 마음이 전해져 제가 마음이 아팠어요. '거절당함'에 대한 저의 내면이 건드려지는 것 같았어요. "우주랑 같이 놀고 싶었는데 그러지 못해서 진짜 속상하겠다. 엄마도 속상해. 그래도 우주의 마음을 우리가 이해해 주자. 조금만 있으면 같이 놀자고 할 거야." 아니나 다를까, 조금 있으니 우주가 다 했다면서 달려와 둘이 즐겁게 놀더라고요.

* 엄마의 인내심 키우기

아이들은 한두 번 말해서는 절대로 알아듣지 못해요. 수십 번, 수백 번, 수천 번 말해줘야 한다고 미리 마음 가지세요. 아이를 가르친다는 감각으로 하면 "아직도 그걸 몰라?" 하는 마음에 분노가 올라와요. "엄마가 알려주는 거야"라는 감각으로 하면 도움이 돼요.

* 속상해하는 아이를 보는 엄마 마음 다잡기

형 물건을 만지지 못해 속상해하고 떼를 쓰는 아이 마음을 알아주고 다독여 주어야 하는 건 맞지만 "그래도 형 물건은 형이 허락해야 만질 수 있단다. 이리와, 엄마가 안아 줄게."라고 말해주었어요. 형도 그렇게 자신의 경계를 존중받을 때 동생한테 더 너그러워져요. "형인 네가 양보해라. 동생이니까 네가 좀 봐줘." 이런 말은 하지 않으시는 게 좋아요. 형도 아직 어린아이랍니다. 안 그래도 동생 태어나면서 자기 것 다 뺏겼는데 얼마나 속상하겠어요.

* 자기 물건 스스로 고르게 하기

엄마 기준으로 골라주지 않고, 아이가 자신이 좋아하는 것으로 고르게 했어요. 그래야 자기 물건에 대한 애착이 생길 거라 생각했어요.

* 음식도 개인 접시에 주기

아이들이 어릴 때부터 저는 그렇게 해왔어요. 항상 개인 접시에 각자의 양을 주었습니다. 그래서인지 아이들은 큰 접시에 과일을 담아 여럿이 함께 먹는 것을 싫어하더라고요. 살짝 걱정되기도 했지만, 여행 가서 큰 그릇에 음식을 담아 다 같이 포크로 먹는데 잘 먹더라고요. 아이들은 말은 못 해도 다 알아요. 내 것, 네 것이 따로 있다는 걸요. 그리고 자신의 경계를 존중받은 아이들은 알아요. 내 것이 소중하면 남의 것도 소중하다는 걸 말이죠.

* 물건보다 중요한 건 아이의 마음

물건을 두 개씩 사주었는데도 아이들이 여전히 다툰다고 말씀하시는 분들이 계세요. 그럴 때는 엄마 마음을 들여다보세요. 마음속에서는 '자기밖에 모르고 나누기 싫어하는 이기적인 아이'라고 생각하시는 건 아니신가요? 아이들은 부모의 무의식을 읽는답니다. 나누기 싫어하는 아이 마음을 진심으로 이해하고 있는지 생각해 보시면 도움이 돼요.

저는 그럴 때 제 것을 가져보지 못했던 어린 시절을 떠올렸어요. 그리고 어린 저를 안아주고 위로해 주었답니다. 그렇게 하는 게 많은 도움이 됐어요.

"또 싸우니? 알았어. 이것도 두 개 사면 되잖아." 하는 것이 아니라, "네 물건을 동생이 만지는 게 싫었구나. 엄마가 거기까지 생각을 못 했네. 동생 것도 한 개 더 사주는 게 좋겠다." 하면서 아이를 배려해 주시면, 혹시 아이가 "엄마. 그냥 같이 갖고 놀게요."라고 말할지도 몰라요.

'이러다가 영영 나눌 줄 모르는 아이가 되는 건 아닐까?' 두려움이 올라올 수도 있어요. 그러나 아이들은 자신이 존중받는 경험을 통해 타인을 배려하는 법을 배운답니다. 부모가 자신의 마음을 이해하려고 노력한다는 것만 느껴도, 아이들에게는 많은 변화가 일어나기도 합니다.

아이 물건의 주인은 아이

아이들에게 물건을 사주는 것도 소유를 경험하게 하는 데 도움이 되지만, 그것보다 더 중요한 것은 그 물건의 주인이 바로 '아이 자신'이라는 것을 알게 해주는 것이라고 생각을 합니다.

아이에게 원하는 물건을 사주었다면 아이가 그 물건을 자유롭게 사용할 수 있도록 간섭하지 말아야 해요.

500원짜리 장난감은 아무렇게나 해도 가만히 두면서 10만 원짜리 값비싼 장난감에는 "그게 얼마짜린데 그렇게 함부로 하니"라면서 걱정을 하고 통제를 하기가 쉽지요.

우리도 사람이니까 본전 생각도 나고 비싼 장난감 함부로 대하는 아이를 보면 마음이 불편하지요. '엄마는 그런 거 가져보지도 못했는데, 넌 사달라는 거 다 사주는데도 그렇게 물건을 함부로 하니?' 이런 마음도 올라올 수 있습니다.

저는 그럴 때 '저건 아이 물건이야. 아이에게 주었다면 아이에게 맡기자.'라며 나 자신을 다독였습니다.

저는 생색내는 사람을 싫어합니다. 생색내는 것을 좋아하는 사람은 아마도 없겠지요. 제가 누군가로부터 선물을 받았는데, 간섭을 받으면 이게 내 물건인가 저 사람의 물건인가 헷갈리고 기분이 나쁘지요.

오래 전에 아이 장난감을 선물 받았는데, 제가 그 물건을 쓰는지 안 쓰는지 보면서 간섭하는 사람이 있었습니다. 그때 제 기분이 굉장히 불쾌했거든요. '나에게 선물해 줬으면 그걸 쓰든 말든 내 마음 아닌가? 쓸 때가 되면 쓸 텐데 왜 자꾸 간섭하는 거지? 그렇게 참견할 거면 도로 가져가 버려.' 하는 생각이 들더라고요. 상황이 이렇게 된다면 그것이 선물이 아니라 저를 옭아매는 족쇄와 다를 것이 무언가요.

아이들도 마찬가지일 것입니다. 엄마가 물건을 사주고 자꾸 주시하고 간섭을 한다면 그것이 자신의 물건이라고 생각하기 어려울 거예요. 갖고 놀고 싶어서 사달라고 했는데 엄마가 자꾸 간섭하니 이러지도 저러지도 못하는 상황에 아이 마음이 불편할 겁니다. 간섭이 들어가면 아이는 가졌어도 가진 것이 아닙니다. 진짜 자기 것을 가져 본 적이 없기에 자기 물건의 소중함 또한 모르지요.

장난감을 그렇게 많이 사주는데도 아이가 물건의 소중함을 모르는 것 같아서 걱정이시라면, 이 부분을 한번 들여다보시면 도움이 될 거예요.

"이게 얼마짜리인데⋯", "엄마가 이런 것도 사주는데 너는⋯" 하면서 조건을 걸고 통제한다면 아이는 힘이 들어요. 내 물건이면 나에게 소중한 게 맞는 건데, 진정한 내 것이 아니기에 소중하지가 않은 거지요.

지금 저희 아이들을 보면 500원짜리 장난감이던, 10만 원짜리 장난감이던 하나같이 다 소중해 합니다. 자신들이 어릴 때 오리고 놀았던 자동차 책 조각도 버리지 못하게 하지요. 소중해서 그렇답니다.

아이가 자신의 것과 타인의 것을 소중하다고 여길 수 있는 아이로 성장하는 데는, 물건의 양보다 진짜 자신의 것이 있는지 없는지가 더 중요하다고 생각을 합니다. 줄 때는 그냥 시원하게 주자고요.

아이가 자신의 것을 온전히 가져보고 책임지는 경험을 할 수 있도록 '내 물건의 주인은 나야.' 하는 것을 깨달을 수 있도록 기회를 주기로 해요.

질투하는 아이 때문에 힘이 들 때

저는 쌍둥이를 키우는 엄마입니다. 아이들이 태어나자마자 두 아이를 사랑해 주어야 했기에 정말 많이 힘들었습니다. 연년생은 그나마 낫겠다 생각을 했지요. 큰아이는 적어도 1년 동안은 부모의 온전한 사랑을 받을 수 있으니까요.

처음부터 엄마의 사랑을 놓고 경쟁해야 하는 아이들이 안쓰러워서 많은 노력을 했습니다. 두 아이가 엄마의 사랑이 부족하다 느끼지 않았으면 했어요.

질투는 아이의 힘. 아니, 모든 인류가 갖고 있는 힘이겠지요. 아이들은 순수하고 솔직하기에 질투를 숨기지 않아요. 어떤 식으로든 표현합니다.

아이가 질투할 때 엄마는 일단 힘드니까 부정적으로 반응을 하기가 쉽습니다. 우리들은 어릴 때 부모님 앞에서 질투를 표현하면

수용 받지 못하는 경우가 많았습니다. 그래서 질투는 부정적인 감정이라고, 질투하는 내가 나쁜 아이라고 생각을 했지요.

내 아이가 질투를 있는 그대로 표현하는 모습을 볼 때도 불편한 마음이 올라오고, 엄마 자신도 모르게 무의식에서는 이미 회피와 저항이 작동합니다. 수용 받지 못했기에 아이를 받아주는 것이 힘든 것이지요.

저는 제 아이들이 질투를 마음껏 표현할 수 있기를 바랐습니다. 제가 아무리 아이들을 고유하게 사랑하려 노력한다고 해도 부족한 부분이 있을 거예요. 그래서 저는 아이들이 질투를 표현할 때 반가웠답니다. 저조차도 모르는 사이에 기울어 버린 제 마음을 알아차릴 수 있으니까요.

저는 질투하는 아이가 신경 쓰인다는 이유로 다른 아이에게 사랑을 표현하고 싶을 때 숨기지 않았습니다. 그랬기에 아이의 질투가 미워 보이지 않았어요. 우주가 귀엽고 사랑스러워서 표현하고 싶을 때, 바다의 눈치를 보지 않았어요. 아이가 질투를 표현하는 것에 대한 두려움이 없었기에 둘째가 사랑스러울 때 지체 없이 바로 표현해 주었고, 질투하는 첫째 또한 마음이 풀릴 때까지 사랑으로 함께해 주었어요.

우주에게 사랑을 주고 싶은 제 마음을 숨기고 억누르며, 바다에게 탓을 돌리며, '네 눈치를 보느라 내가 우주에게 사랑을 주지 못하는 거야!' 이러지 않았습니다.

한 아이가 예뻐서 사랑을 주고 싶을 때 다른 아이의 눈치를 보게 되면, 아이를 탓하게 되고 아이가 더 미워지지요. 그리고 표현하고 싶은 자신의 감정을 억눌러야 하는 상황에 엄마도 짜증이 날 수 있습니다. 그런 상황이 자꾸 반복되다 보면 엄마는 점점 더 사랑을 표현하는 것에 주저하게 되고, "이게 다 너 때문이야." 하면서 아이에게 죄책감을 안겨줄 수도 있습니다.

결국에 엄마는 두 아이 모두에게 표현하기가 점점 더 어려워질 수 있어요.

둘째가 태어나고 자신에게 오는 사랑이 변할 때 첫째는 마음이 아픕니다. 그리고 예전처럼 자신을 사랑해 달라고 투정 부리며 보채지요. 엄마 아빠가 예전처럼 못 해준다고 해도 노력하는 모습을 보여주면 아이는 마음이 풀립니다.

두 아이의 엄마가 두 아이 모두에게 사랑을 주어야 하는 것은 숙명입니다. 피할 수 없지요. 둘째가 예쁘면 마음껏 안아주세요. 그리고, 질투하는 큰아이도 안아주세요.

많은 어머님께서 아이의 질투가 불편한 나머지 '차라리 아무것도 하지 말자' 하시는 걸 보았습니다. 두 아이 모두에게 사랑을 표현하지 않는 쪽을 선택하시는 것이지요. 그 선택을 바꿔 보시는 건 어떨까요? 두 아이 모두에게 사랑을 표현하는 쪽으로요.

저는 두 아이 모두에게 사랑을 표현하는 쪽을 선택했고, 아이들은 어떤 때는 질투도 하고, 어떤 때는 초연할 정도로 질투가 없기도 합니다.

질투가 날 때 아이는 말하지요. "엄마! 저도 안아주세요!" 그러면 저는 아이의 그런 마음을 가볍게 받아줍니다. "그래그래, 우리 바다도 당연히 안아 줘야지!"

인간이 느끼는 모든 감정은 소중하지요. 질투라는 감정도 아이들이 마음껏 표현하고 수용 받는 경험이 채워지면 자연스럽게 넘어갈 거라고 믿어요.

아이가 질투를 표현할 때 이렇게 생각해 주시는 건 어떨까요? '내 아이가 엄마인 나를 믿고, 자신의 감정을 자연스럽게 표현하는구나. 내 아이, 참 건강하네. 내 아이에게 내가 안전한 엄마구나. 내 아이가 참 잘 자라고 있구나. 나도 아이 잘 키웠네.'라고.

아이는 엄마를 믿기에, 자신의 감정을 가감 없이 표현하고 있지요. 엄마가 안전한 대상이 아니라면 아이는 자신의 감정을 숨길 겁니다. 내가 내 아이에게 안전하고 믿음이 가는 엄마라는 것은 참 반갑고 행복한 일이에요.

아이들을 키우면서 사랑은 나누어지는 것이 아님을 깨달았습니다. 저는 쌍둥이 엄마이니까 100의 사랑을 50씩 공평하게 나누어 주어야 한다고 생각했어요. 그런데 그게 아니더라고요.

아이들을 키우면서 사랑에는 비교가 없고 한계가 없다는 것을 깨달았습니다. 우리 안에는 이미 사랑이 있지요. 사랑이 없는 것이 아니랍니다. 육아는 우리 안에 잠들어 있는 사랑을 깨우는 과정이지요.

사랑을 숨기지 마세요. 첫째도, 둘째도 모두 안아주세요. 질투를 두려워하지 마세요. 질투가 인간이 느끼는 자연스러운 감정임을 받아들이고, 건강하게 표현하는 아이를 귀엽게 봐주세요.

제가 고등학교 때 어떤 선생님이 이런 말씀을 하셨어요. "열 손가락 깨물어 더 아픈 손가락 있다." 저는 그 말을 듣고 좌절했어요. '나는 우리 부모님께 더 아픈 손가락일까, 덜 아픈 손가락일까?' 생각하니 슬픔이 밀려왔지요.

그런데 제가 엄마가 된 지금, 저는 그 말을 안 믿어요.

예쁘다 예쁘다 하면 예쁘고요. 밉다 밉다 하면 미워요. 나에게 자신의 인생을 맡긴, 귀한 내 아이를 우리가 예뻐해 주기로 해요.

말로만 하는 거면 무슨 소용이냐고요? 그 말이 어디 쉬운가요? 들어보지 못 한 그 말을 내 아이에게 주기 위해 우리는 노력하고 있잖아요.

스캇 펙의 『아직도 가야 할 길』에 이런 구절이 나옵니다.

"사랑은 우리 자신의 확장을 필요로 하므로 언제나 노력이 아니면 용기이기도 하다."

노력이 이미 사랑이기에, 아이들에게는 완벽한 엄마가 아닌 노력하는 엄마이면 충분합니다. 그렇게 하나씩 실천하다 보면 어느새 자연스럽게 행하고 있는 자신을 만나게 될 거예요.

저는 아이들을 키우면서 질투라는 감정에 대해서 제가 갖고 있던 신념들을 마주할 수가 있었어요. 질투하는 제 자신이 못났다고 생각해서 질투를 표현하지 않기로 선택을 했고, 질투 나는 사람을 보면 안 그런 척했었지요. 그 마음 안에는 '내가 너보다 잘났거든' 하면서 상대방을 인정하지 않는 마음이 있었어요.

자유롭게 질투하는 아이들을 키우다 보니, 저도 자연스럽게 감정을 마주할 날이 오더라고요. 표현하지 못하고 감춰야 했던 어린 날의 저를 만나, 많이 울고 안아주었답니다. 그런 경험들이 하나둘 쌓이면서 진심으로 아이 마음에 공감하는 육아에 다가갈 수가 있었습니다.

따뜻한 말 한마디가
아이를 살려요

아이들이 놀다가 바다가 귀를 다쳤어요. 보자마자 봉합이 필요한 상처라는 생각이 들어 너무 속상했습니다. 응급처치를 해놓고 운동 나가 있던 남편을 호출했어요. 그리고 제가 급하게 옷을 갈아입으러 들어가는데 우주가 거실로 후다닥 뛰어가는 것이 보였어요. 옷을 갈아입는데 우주에게 화가 나고 아이를 탓하고 싶은 마음이 올라왔습니다.

'우주 너 때문이야. 바다가 너를 피해서 도망가다가 이렇게 됐어. 네 잘못이야!'

요동치는 제 마음을 들여다보면서, 그제야 우주가 왜 거실로 도망치듯 뛰어갔는지를 깨달았습니다.

'내가 우주를 탓하고 싶었구나. 그래서 우주가 그랬구나' 그 짧은 순간에 제 마음 안에 올라오는 여러 가지 생각들을 바라보니 선택을 할 수가 있었어요.

'우주 잘못이 아니야. 그 누구의 잘못도 아니야. 사랑을 선택하자.'

옷을 갈아입으면서 마음을 정리하고 거실 소파에 앉아 있는 아이에게 갔습니다. 소파에 앉아 있는 아이의 모습이 유난히도 작아 보였어요.

"우주야, 엄마가 안아 줄게."

아이를 안았는데 아이의 몸이 뜨겁습니다. 긴장한 탓이겠지요.

"우주야, 네 잘못이 아니라는 거 알아. 그 누구의 잘못도 아니야. 그런데 바다가 다쳐서 엄마도 속상했어. 다음부턴 조심하자."

아이를 안고 이야기를 해주면서 정말 여러 가지 감정에 마음이 복잡했습니다.

'내가 사랑을 선택하지 않았다면 어땠을까? 이 작은 아이가 자신의 탓으로 가져가 얼마나 힘든 시간을 보내야 했을까?'

부족해서, 여전히 배우고 있는 엄마라서 스스로 자각하고 선택을 하기까지 시간이 필요하지만 그럼에도 사랑을 선택할 수 있는 날들이 점점 더 많아지고 있음에 감사했어요.

'그래, 잘했어. 괜찮아. 나도 아이도 우리는 지금 이렇게 행복하니까' 자신을 다독일 수가 있었습니다.

제 말이 끝나자마자 아이는 날아갈 듯, 가볍고 밝은 목소리로 말했어요.

"엄마, 우주도 옷 입어야지요?"

"응, 너도 같이 가야지"

아이의 무의식에 상처로 남을 뻔했던 순간이 사랑의 기억으로 남을 수 있게 되었어요. 아이에게 화난 마음이 올라온 것을 내색하지 않았지만, 아이는 이미 다 느끼고 있었어요. 그리고 엄마가 사랑을 선택하기로 한 것도 알고 있었겠지요.

그러나 아이는 맥락의 이해가 부족합니다. 엄마가 사랑을 선택하고, 자신의 잘못으로 돌리지 않았다는 것을 말로 한 번 더 표현해 주면 아이는 '아, 엄마가 그래서 그랬던 거구나!' 하면서 마음이 가벼워지지요.

사랑을 표현하는 데 있어서 행동과 눈빛 그리고 스킨십도 물론 중요하지요. 그러나 맥락이 없는 아이에게 말로써 설명해주는 것은 아이의 이해를 돕는 따뜻한 배려입니다.

'엄마가 사랑을 선택했구나. 엄마의 그 눈빛이 사랑이 맞았구나. 내가 느낀 것이 맞았구나' 하는 것을 말로써 확인을 받을 때 아이는 안도할 수 있습니다.

엄마의 따뜻한 말 한마디는 아이를 살립니다.

수백 번 강조해도 지나치지 않는 '대화'의 중요성

많은 어머님이 아이 마음에 대해서 질문을 합니다. 그럴 때면 저는 의아했어요. '아이 마음을 왜 다른 사람에게 묻지?' 그런 생각이 들었거든요. 어머님들과 이야기하다 보면, 생각보다 많은 분이 아이와의 대화를 힘들어하는 것을 알 수 있었습니다.

부모님과 살가운 대화를 해본 적이 없는 엄마라면 더욱 아이와의 대화가 힘듭니다. 그러나 대화는 아이의 마음을 열고, 아이의 생각을 알 수 있는 훌륭한 도구입니다.

아이와의 대화가 힘이 드시나요? 그렇다면 아이의 말에 대답해 주는 것으로 시작해 보시기를 권해 드립니다. 대화는 상호작용이지요. 주고받을 때 의미가 있습니다.

아이들은 모두가 주인공 본능이 있습니다. 엄마가 자신의 말을 들을 준비가 되어 있다는 것을 느낀다면, 아이는 엄마 앞에서 수

다쟁이가 된답니다. 대화를 이끌어 가야 한다고 생각을 하면 부담이 커지고, 그 부담은 포기로 이어질 수가 있어요. 그러니 '대답을 잘하자'로 관점을 바꾸어 보세요.

아이의 말을 집중해서 듣는 것도 쉬운 일은 아니지만, 내 아이의 마음을 다른 사람이 아닌 내 아이의 입을 통해서 들을 때의 기쁨에 비하면 충분히 감수할 수 있습니다.

저는 아이들과 관련된 모든 부분을 아이들과 의논하고 결정을 합니다. 대부분 아이들의 의견을 존중해 주고, 원하는 대로 하도록 해주지만 '이 부분은 내가 한번 용기를 주고, 이끌어 줘도 될 것 같다' 싶을 때는 아이에게 요청합니다.

주춤하던 아이가 그런 엄마의 말을 듣고, 해내고 난 후 뿌듯해하는 모습을 보면 스스럼없이 대화할 수 있고, 평화로운 방법으로 풀어갈 수 있다는 것이 참 행복하고 감사해요.

아이들은 말을 잘하는 엄마를 원하는 것이 아닙니다. 자신의 말에 반응해 주는 엄마를 원하는 것이지요. 아이들에게 있어서 반응은 곧 사랑입니다. 그러기에 대답을 잘해주는 것만으로도 아이에게 사랑을 표현할 수가 있습니다. '엄마가 내 말을 잘 듣고 있었구나.'라는 생각에 아이는 행복합니다.

엄마가 해준 한 번의 '대답'은 아이가 그 다음 말을 할 수 있도록 도와줍니다. 그렇게 서로 주고받다 보면 대화가 시작되는 것이지요.

내 아이와 진솔하게 마음을 터놓고 대화를 하고 있다는 사실은 엄마에게 안정감을 줍니다. 그 어떤 상황에서도, 대화를 통해서 풀어갈 수 있다는 믿음이 있다면 더는 육아가 두렵지 않습니다. 내 아이의 마음을 알고 싶다면, 아이의 말에 성실히 대답해 주는 것으로 대화를 시작해 보세요.

관점을 바꾸면
육아가 수월해져요

아이들이 다섯 살 때 어린이집을 잠깐 다닌 적이 있습니다. 어느 날 어린이집 원장님과 오랜 시간 상담을 했어요. 원장님께서 좋은 말씀을 많이 해주시더라고요.

"이 아이들을 계속 보고 싶다. 볼수록 알고 싶어지는 아이들이다. 이런 아이들은 우리 교육자들과 부모님들이 지켜줘야 한다."

그러고 나서 하시는 말씀이 딱 한 가지 아쉬운 점이 있다고 하시는 거예요. 5세 반에 좀 개구쟁이 아이가 있는데, 그 아이가 저희 둥이 물건을 종종 뺏을 때가 있다고 해요. 그럴 때 제 아이들이 그 친구한테 돌려 달라, 말도 안 하고, 선생님만 쳐다봤다고 해요. 너무 여린 것 같다고, 조금 드세도 된다고 하시더라고요.

다음날이 되었지요. 남편에게 "여보 내가 어제 원장님하고 상담했잖아. 우리 둥이 입이 닳도록 칭찬하셨어. 그런데 딱 한 가지 너

무 여린 게 걱정된다고 말씀하시네"라고

말했더니 남편이 그래요. "나도 그게 걱정이야." 걱정하는 남편에게 이렇게 말해 주었습니다.

"여보, 뭐가 그렇게 걱정이야, 그거 딱 한 가지만 문제라고 하시잖아. 아니, 내 새끼들이 문제가 그거 딱 한 가지라고 하시는데 너무 기쁘지 않아? 나는 너무 기쁘구먼, 생각을 바꿔보자.

'한 가지 빼고는 다 좋네!'라고 생각을 바꾸자" 남편이 아무 말도 안 하고 웃더라고요.

전날 밤에 불현듯 생각에 변화가 오는 것을 느꼈어요. 전에도 알고 있었지만, 명확했다 희미했다 왔다 갔다 하고 있었지요. "아이를 보는 관점을 바꾸자" 어느 순간, 이 생각이 머릿속에 탁 입력이 되어버렸어요. 바로 제 것이 되는 순간이었지요.

저는 제 아이들이 너무 섬세하고 예민해서 힘들었어요. 오감이 다 민감하게 발달을 해서, 그냥 넘어가는 것이 한 개도 없어 피곤했어요. 얼굴에 물 튀는 것을 싫어해서, 8살까지 샴푸의자에 누워 머리를 감았어요.

'왜 이렇게 까다롭지? 그냥 좀 무던했으면 좋겠다'고 생각한 적도 있어요. 그런데 아이들의 있는 모습 그대로를 인정하고, 관점을 바꾸니 저의 생각이 달라졌어요.

제 아이들은 까다로운 것이 아니라 섬세해요. 섬세한 감각을 필요로 하는 일을 할 때, 이 점이 큰 장점으로 작용할 거라 생각해요. 감정 또한 섬세해서 타인을 배려할 줄 알고요.

아이들을 키우며 많은 시행착오를 겪었어요. 그때마다 깨달았던 것은 아이의 있는 모습 그대로를 인정하고 존중하며 기다려주는 것이 최선이라는 것이었어요.

아이의 어떠한 부분이 부족하다고 생각할 때 '지금 내 아이가 이 부분이 조금 느리고, 서툴구나. 때가 되면 하겠지. 아이는 자신만의 속도로 잘 가고 있는 거야.'라고 생각할 수 있다면 아이를 믿고 기다릴 수 있는 마음의 여유가 생기고요.

'왜 안 되지? 내가 이러려고 고생하며 키운 게 아닌데, 뭐가 문제일까? 왜 못 할까?' 하는 생각에 집착하면 아이와 나의 아픈 시간이 시작돼요.

내 아이는 그 누구와도 비교되어서는 안 되는 고유한 존재입니다. 수없이 많은 순간이 모여 지금의 내 아이가 있는 것 아닌가요?

그 수없이 많은 것 중에 고작 몇 가지가 엄마 시각에서 비추어 볼 때 부족한 것이잖아요. 지금 내 아이가 조금 부족하다고 내 아이의 예쁘고 빛나는 모습을 잊지 말았으면 해요.

내 아이의 예쁘고 사랑스러운 점을 떠올려 보세요. 셀 수도 없이 많아요. 그렇지 않나요? 몇 년 전, 몇 달 전을 떠올려 보아요. 그리고 지금은 어떤가요? 그때는 문제라고 생각했던 것들이 지금은 추억이 되었네요.

우리 삶이 그런 것처럼 육아도 긴 마라톤과 같아요. 아이들은 하루가 다르게 변하고, 계속해서 자신의 빛을 찾아가는 중입니다.

자신만의 속도로, 자신만의 페이스를 찾아가는 아이를 묵묵히 지켜보면서 기다려주면 좋겠어요. 부모의 믿음과 기다림 속에, 아이의 위대한 힘이 발현된다는 것을 언제나 기억하길 바라요.

아이들이 어릴 때는 저도 제 아이들이 여리다고 생각했고 문제라고 생각했지만, 지금 와서 보니 괜한 걱정이었어요. 아이들은 그 누구보다 자기 삶의 주인으로 아름답게 성장하고 있습니다. 아침이면 하늘에 해가 뜨지요. 우리 마음 안에도 날마다 아이를 사랑으로 비추어주는 해가 뜬답니다.

매일 아침 눈을 뜨면서 이렇게 기도합니다.

'제 안의 두려움과 편견 안에 제 아이들을 가두지 않도록 도와주시옵소서. 저는 오늘도 깨어 있는 눈으로 제 아이들의 있는 모습 그대로를 볼 수 있기를 소망합니다!'

아이의 시선으로
세상을 바라보다

아이들이 여섯 살이 되던 해의 첫날.

"우주야, 바다야. 여섯 살이 된 걸 진심으로 축하해!" 하고 인사를 건네고 아이들을 안고서 이런저런 대화를 주고받다가, 자연스럽게 아이들 시선으로 세상을 바라보게 되었습니다.

"와! 우리 아들들 정말 많이 자랐네. 아기 때는 식탁도 넘지 못했던 키가 이제 식탁을 훌쩍 넘는구나. 그래도 아직 많이 불편하겠다. 의자도 온몸을 다 써야 올라갈 수가 있네. 엄마한테는 너무 잘 보이는 주방 선반 위의 물건도, 너희에겐 안 보이는구나. 그랬구나, 엄마가 몰랐네. 우리가 사는 집도 넓은 운동장 같아서 그렇게 걷지 않고, 뛰어다니는구나. 그래, 그랬네, 그랬어. 엄마에겐 좁은 욕조도 너희에게는 꽤 넓은 탕이었겠다. 그래서 시간 가는 줄 모르고, 그 안에서 이것저것 많은 놀이를 하면서 한참 동안 신나게 놀았던 거구나."

마음으로 아이들을 이해하는 것과는 또 다른 느낌이 들었어요. 아이들 말을 듣기 위해서 몸을 낮추었지만, 아이들의 눈높이에서 세상을 바라본 것은 그때가 처음이었습니다. 굉장히 신선한 경험이었어요.

밖에 나가면 잠시도 손을 안 놓고, 꼭 잡는 아이들 때문에 솔직히 힘든 적이 너무 많았어요. 제가 짐을 들고 있을 때는 더 그랬습니다. 그런데 밖에 나가서 아이들의 시선으로 세상을 바라보니 아이들을 더 깊이 이해할 수가 있었습니다. 높게 솟은 아파트가 아이들에겐 거대한 빌딩 숲처럼 느껴졌을 거예요. 엄마 눈에 겨우 15층 아파트이지만 아이들에게는 시야를 압도할 만큼 높게 느껴졌겠다 싶었습니다.

부릉부릉 소리를 내면서 도로 위를 쌩쌩 달리는 자동차들은 또 어떻고요. 섬세한 제 아이들에게 그 소리는 거대한 굉음처럼 들렸을 것이고, 빠른 속도로 달리는 자동차들이 무서웠을 거예요. 아이가 아이라서 그러는 걸 보고 "너는 왜 그래?"라며 아이를 채근했어요. 아이 입장에서는 너무나도 당연한 행동들이었어요.

아이들의 눈높이에서 세상을 바라보니 아이들을 이해하는 폭이 더 넓어지는 것을 느꼈어요. 아이들이 지금 9살입니다.

얼마 전에 발목이 아프다는 아이를 데리고 병원에 가서 엑스레이를 찍었어요. 아직 다 자라지 않은 아이의 성장판이 보이더라고요. 발뒤꿈치 뼈가 자라는 중이라서 매끈한 것이 아니라 울퉁불퉁했어요.

또 한 번 깨달았어요. '우리 아들, 열심히 자라고 있구나.'

아이들과 매일 함께하다 보면 아이가 아이로 안 보이는 순간들이 있습니다. 얼마나 입바른 소리를 잘하는지 "너희들이 내 스승이다!" 할 때가 많지요. 이럴 때마다 아이들이 아직 저의 보살핌이 필요한 존재라는 사실을 기억하려고 해요.

3 장

행동이
사랑입니다

한 번으로
시작하기

끊임없이 자기만 봐 달라 요청하는 아이를, 엄마는 받아 주기가 힘들어요. 응해줬다가 끝이 없을까 봐 두렵고, 아이의 요청이 너무 복잡하고 피곤한 것일까 봐 겁이 나요. 그래서 그냥 들어주지 말자 하고, 자꾸만 뒤로 미루고 미루어요. 그런데도 아이는 계속 요청하지요.

아이에게는 '자신이 엄마에게 그 무엇보다 중요한 존재'라는 그 경험이 필요해요. 아이는 그걸 채우고 싶어 해요.

지난번에는 그래서 안 됐고, 이번에는 이래서 안 되고. 아이는 언제나 그 무엇인가에 의해 뒤로 밀려나요. 아이에게는 언제나 엄마가 일 순위인데 말이에요. 그런데 막상 대면하고 나면 아이의 요청이 너무 허무할 정도로, 간단하거나 단순한 것일 때가 의외로 많아요.

아이만 키우는 것도 아니고 살림도 해야 하고, 일도 해야 하니 열 번 중에 열 번 모두 아이가 일 순위가 되기는 어려울 수 있어요. 그래서 '한 번만 해보자' 하는 거예요. '한 번만 만사 제쳐 두고 아이의 요청을 먼저 들어주자' 해보는 거예요.

그 한 번의 경험이 아이를 얼마나 행복하게 할까요? 한 번이 두 번 되고, 두 번이 세 번 되고 그럴 거예요. 그러다가 어느 순간 자연스럽게 행하고 있는 자신을 만나게 될 거예요. 그게 바로 사랑의 힘이지요.

아이 눈을 바라보면서 아이 이야기를 들을 때 행복해하는 아이 모습이에요. 그 모습이 사랑스러워서 저에게 이야기하는 모습을 찍었어요.

육아가 힘이 들 땐
노래를 불렀어요

육아에 있어서 아무리 강조해도 지나치지 않는 것이 '깨어 있기'라고 생각을 합니다. 깨어 있으면 상황을 바로 볼 수 있습니다.

저는 쌍둥이를 키우면서 정말, 하루가 어떻게 가는지도 모르는 날들이 많았습니다. 그저 순간순간, 하루하루 견디는 날들의 연속이었지요.

매일 똑같은 일상을 그저 견뎌낸다는 것은 참 힘들었어요. 지금은 그렇게 이벤트 없이 소소하게 지지고 볶는 일상이 축복임을 알게 되었지만, 그때는 재미도 없고 힘들었습니다.

그러다가 언젠가부터 노래를 부르기 시작했습니다. 신나고 재미있으려고 그런 것은 아니었고요. 정말 많이 힘든 날에는 아이들을 혼내게 되는 상황들이 종종 생겼어요. 결국엔 아이들과 저 모두가 상처받게 되는 것이 싫어서 노래를 불렀습니다. 또 반복되는

지루한 일상에 지쳐서 무디어져 가는 저의 뇌를 깨우기 위해서 노래를 불렀습니다.

저는 육아를 하면서 발생하는 각각의 상황들에 테마송을 지어서 불렀습니다. 처음부터 잘 된 것은 아니었지만 자꾸 하다 보니 익숙해지는 날이 오더라고요.

제가 너무 지쳐 있을 때 아이가 물을 엎질렀습니다. 물론 실수라는 것도 알고 아이 잘못이 아니라는 걸 잘 알고 있지만, 손가락 하나 움직일 힘조차 남아 있지 않은 엄마는 그 상황이 싫지요. 닦고 뒤처리를 해야 한다는 생각에 짜증이 훅 올라옵니다. 그러면 또 아이에게 버럭 하게 되고 상황은 안 좋게 마무리가 되지요.

그럴 때 정신을 차리고 노래를 불렀습니다.

"괜찮아, 닦으면 되지…"

노래를 부름과 동시에, 꺼져 있던 제 마음의 전구가 탁 켜지면서 '아이가 물을 엎질렀네. 아이가 실수한 거야. 나를 힘들게 하려고 일부러 그런 게 아니야. 물은 닦으면 되지.'

상황을 있는 그대로 바라보고, 대처할 수 있는 여유가 생기더라고요. 사랑을 선택할 수 있는 시간을 벌어주는 것과 같습니다. 무언가를 떨어트렸을 때는 '괜찮아, 주우면 되지. 치우면 되지…' 하면서 노래를 불렀습니다.

아이가 무언가 하다가 뜻대로 되지 않아 짜증을 낼 때는 "괜찮아, 다시 해보면 되지." 하면서 엄마가 도와줄까 물어볼 수 있었습니다. 이렇게 한다고 해서 마법처럼 육아에 드라마틱한 변화가 생기는 것은 아니었지만 적어도 최악의 상황으로 가는 것은 예방이 되었습니다.

힘든 상황에서 굳이 '최고'의 선택을 하려고 애쓰지 않아도 되어요. 그저 자신이 할 수 있는 '최선'의 선택을 하는 것만으로도 충분하다고 생각을 합니다. 엄마가 최선을 다해서 노력하고 있다는 것만으로도 아이들은 엄마의 진심을 느끼니까요.

아이가 엄마에게 감동하는
작은 행동 하나

아이들이 정말 말이 많아요. 조잘조잘 쉴 틈이 없습니다. 등굣길에도 하굣길에도 많은 대화를 나누어요. 차가 많은 곳에 살고 있어 밖에 나가면 주변이 시끄러운 편이에요. 아이 목소리가 잘 들리지 않을 때가 많습니다. 저희 아이들 목소리가 작은 편이기도 하고요.

아이들은 엄마가 자신의 말을 못 알아들으면 뒤집어져요. 대답해 주기도 힘든데, 못 알아들었다고 뒤집어질 때면 화가 올라오기도 했어요. 밖에 나가면 아이들이 말할 때 될 수 있으면 몸을 낮추어서 아이 얼굴에 귀를 갖다 대고 이야기를 들으려고 노력했습니다. 깜빡하고 건성으로 들을 때도 있지만, 의식적으로 노력하고 했어요.

엄마에게 조잘조잘 수다 떨어본 적 없고 살가운 대화 한번 해본 적 없는 어린 시절을 살았지만, 제 아이들의 말에 귀를 기울일 때 저는 제 가슴이 따뜻해져 오는 것을 느꼈어요.

'아이가 나에게 하고 싶은 말이 참 많구나'

'어쩜, 이렇게도 하고 싶은 이야기가 많을까?'

'나를 이토록 친근하게 생각해 주니 고맙기도 하지'

예전에는 자기 말 못 들었다고 뒤집어지면 그거 달래 줄 일이 걱정돼서 신경 써서 들으려고 노력했어요. 그런데 요즘에는 제 마음가짐이 달라졌다는 걸 느껴요. 아이들과 함께 하는 그 시간이 소중해요.

급식에서 뭐가 나왔는지, 무슨 반찬을 얼마큼 먹었는지, 수업 시간에는 무엇을 배웠는지, 아이들의 학교생활이 너무너무 궁금한데 알아서 엄마의 궁금증을 풀어주니 참 고마워요. 노력했던 시간이 절대 쉽지 않았지만, 이런 감사함이 들 때는 '노력하길 잘했다' 싶어요.

아이의 말을 듣기 위해 아이 얼굴에 귀를 갖다 대고, 눈을 맞출 때 사랑이 퐁퐁 솟아나요. 제 마음이 이런데 아이 마음은 얼마나 몽글몽글할까요!

아이는 신이 나서 이야기해요. 그런 아이를 보는 저도 덩달아 신이 나요. 아이 마음과 제 마음이 조금의 어긋남도 없이 사랑으로 접속하고 있음을 느껴요.

아이의 말이 잘 들리지 않는다면, 아이에게 다가가서 아이의 말을 들어보세요. 행복해하는 아이를 보게 될 거예요. 그리고 그런 아이를 보는 어머님 마음에 사랑과 감사가 피어날 거예요!

공감의 첫걸음
: 아이의 말에 집중하기 위한 노력

공감해주려고 정말 많이 애썼는데 공감받아본 적 없는 엄마는 공감이 참으로 어려웠습니다. 진정한 공감, 비슷하게 되기 전까지는 공감하는 척을 했던 것에도 불구하고 아이들은 잘 자랐지만, 저는 늘 헷갈렸습니다.

그러다 어느 날, 해답을 찾았고 그때부터 공감이 조금 쉬워지기 시작했습니다. 공감은 존중이고, 아이의 말에 귀를 기울이는 것에서 출발한다는 생각이 들었습니다. 그렇다면 이것을 어떻게 행동으로 옮겨서, 실천하고 몸에 배게 할 수 있을 것인가.

저는 육아를 하면서 늘 그 부분이 숙제였습니다. 어떻게 내 것으로 만들어 고유한 나의 육아를 할 수 있을까. 아이에게 '엄마가 너의 말을 잘 듣고 있어'라는 메시지를 주기 위해서 저는 아이가 한 말을 그대로 따라 했습니다.

밤늦은 시간에 갑자기 아이가 피자를 먹고 싶다고 합니다. 24시간 마트에 가면 피자가 있지만, 아이는 〈피자헛〉을 좋아합니다. 집에서 배달해서 먹을 때는 꼭 〈피자헛〉만 먹습니다. 답을 찾는 해결사 기질이 다분한 엄마라서 만 분의 일초로, 머릿속에 '안 되는데' 하는 생각이 스칩니다.

그래도 공감해 주어야 하기에 아이에게 이렇게 말했습니다.

아이와 저의 대화입니다.

"엄마, 피자 먹고 싶어요."

"바다야, 피자가 먹고 싶었어?"

아이가 한 말을 그대로 따라 했습니다.

"네."

"피자가 먹고 싶었구나. 바다야, 그런데 지금 새벽 1시야. 피자헛 영업 끝났거든. 내일 사 줄게."

"네, 엄마."

이렇게 대부분의 대화에 적용했습니다. 아이가 원하는 것을 해 줄 수 있는 상황에서도, 해줄 수 없는 상황에서도 다 유용하더라고요.

아이들이 9살이 된 지금은 이렇게 말만으로도 이해하고 다음을 기약할 수 있지만, 아이들이 어릴 때는 왜 안 되는지에 대해서 아이가 받아들이지 못하면 직접 확인을 시켜 주었습니다.

그런 시간이 있었기에 지금은 아이들이 많은 상황에서 말만으로 상황을 잘 받아들입니다.

"엄마, 명랑 핫도그 먹고 싶어요."

"우주가 명랑 핫도그가 먹고 싶었구나, 엄마가 가서 사 올게."

"엄마, 오늘이 몇 월 며칠이에요?"

"오늘이 몇 월 며칠이냐고? 어디 보자…."

"엄마, 숙제하기 싫어요."

"바다가 숙제하기 싫었구나. 그래 숙제가 힘들지. 하기 싫으면 안 해도 돼. 하지만 그거에 대한 책임은 바다가 지는 거야."

아이는 숙제를 합니다.

"엄마, 오마뎅 컵 떡볶이 먹고 싶어요."

"우리 우주, 컵 떡볶이가 먹고 싶었어?"

"네."

"그랬구나, 우주야. 그런데 지금 새벽이잖아. 오마뎅은 문 닫았지. 내일 사 먹자!"

"네, 엄마, 내일 꼭 사주세요."

아이들이 어릴 때 제가 아이들의 말을 못 알아듣거나 흘려들으면 뒤집어졌어요. 그래서 귀를 쫑긋 세우고 있으려고 노력을 했는데 그게 여간 힘든 게 아니더라고요. 그리고 제가 아이들 말을 건성으로 들을 때도 있고, 듣고도 그냥 흘려버릴 때가 있다는 걸 알

앗습니다. 그래서 아이들 말을 놓치지 않으려고 한동안 집중적으로 노력했어요.

육아할 때 실천하고 노력하는 것이 엄마의 희생 같다고 생각될 때도 있지만, 그러한 실천 노력이 오래가지 않습니다. 평생을 그렇게 하라고 하면 못 하죠. 피곤해서 어떻게 살겠어요. 그러나 그렇게 하다 보면 어느 순간 몸에 배어서 자기 것이 되고 수월해집니다. 그래서 그러한 시도들이 아이와 나를 위해서 시도해 볼 만한 의미가 충분하다고 생각이 됩니다.

지금도 제가 가끔 깜빡하고 정답이 먼저 나갈 때가 있지만 아이들은 거의 안 뒤집어지네요. 그동안 해온 것이 있어서 그렇다고 생각해요.

공감이 어려우신 어머님들께서는 '아이 말 그대로 따라 하기'부터 시작해 보세요. 아이에게 '엄마가 너의 말을 잘 듣고 있었어'라는 메시지를 주세요.

아이들이 서로
자기 말을 들어 달라고 할 때

아이들이 커갈수록 말을 정말 잘하기도 하고 논리적으로 말할 때는 더 이상 할 말이 없어 수긍할 때가 많아집니다. 어릴 때부터 그렇게 말이 많더라고요.

저도 한때는 말 때문에 정말 미칠 뻔했지요. 두 아이의 말을 들어주는 게 너무 힘이 들어서 '내가 아이들 어릴 때부터 말을 너무 많이 했나 봐. 내가 미쳤지' 생각한 적도 있어요.

저는 쌍둥이를 키웠기에 규칙 아닌 규칙을 적용해야 하는 상황들이 있었습니다. 아이들이 어릴 때는 대충 저의 리액션들로 최대한 부드럽게 모면하려고 했고요. 어떻게 해서라도 두 아이 말을 다 들어주고 싶지만 안 되는 건 안 되는 겁니다.

귓구멍은 두 개라도 뇌는 하나잖아요. 저는 도저히 못 하겠더라고요. 제가 두 아이 말을 다 들어줄 수 없다는 것을 받아들여야 하지요.

아이들이 동시에 말을 하면 너무 힘들지요. 서로 자기 말 들어 달라고 아우성칩니다. 엄마는 나쁜 엄마 되기 싫어서 첫째, 둘째 다 들어주려고 하는데, 아이들은 여전히 뒤집어집니다. 저도 그랬고, 저희 아이들도 그랬어요.

아이들이 말귀를 잘 알아듣기 시작한 즈음부터는 제 나름의 규칙을 만들었습니다. 이 부분에 대해서 저희 집의 규칙은 '먼저 말한 사람이 임자다'입니다.

아이들이 이해도가 높아진 네 살 즈음에는 제가 정확하게 말을 해주었습니다.

"우주야, 바다야. 너희들이 동시에 엄마한테 말을 할 때가 있잖아. 그런데 엄마가 두 사람의 말을 동시에 들어주는 건 너무 힘들어. 그래서 엄마는 조금이라도 먼저 말한 사람의 말을 먼저 들어 줄 거야. 그리고 그다음에 말한 사람의 말을 들어 줄 거야. 우주와 바다의 말을 다 들어주고 싶어서 엄마가 오랜 시간 고민하고 찾은 방법이야. 엄마가 꼭 너희 둘 모두의 이야기를 잘 들어주기 위해서 노력할 거야. 약속해!"

이렇게 말을 해주었고 아이들은 이해했습니다. 저는 언제나 이렇게 설명을 꼭 해주었습니다. 미리 알려주는 것은 매우 중요해요. 아이들이 싫어한다면 다른 방법을 찾을 수도 있고 더 나은 방법으로 보완할 수도 있으니까요.

간발의 차이로 바다가 먼저 말을 시작했어요.

"엄마, 이리 와봐요. 이것 좀 봐요."

바다에게 가서 말을 듣고 있는데 우주가 바로 옵니다. "엄마, 우주는 OO어쩌고, 저쩌고…."

그럴 때 우주에게 말했습니다.

"어, 그래. 우주야 그랬구나! 그런데 우주여, 엄마 바다 말 듣고 있었어. 잠깐만 기다려 줄래?"

그러면 우주는 "네!" 하지요.

저렇게 꽤 긴 시간을 해왔습니다. 아이들은 엄마가 자신의 말을 잘 경청해 준다는 믿음이 있고, 엄마와의 대화가 즐거웠기에 포기하지 않고 하고 싶은 말을 반드시 했습니다.

지금은 저런 상황에서 아주 간단하지요.

"우주야, 바다가 먼저 말했어."

그러면 쿨하게 "네!" 합니다.

이렇게 익숙해지다 보니 가끔은 먼저 말하고 있던 바다가 우주 상황을 보고는 "엄마, 우주 말 들어줘도 돼요."라고 하기도 합니다.

그리고 어떤 때는 자연스럽게 셋이서 동시에 대화하기도 하지요. 아이의 욕구를 바로바로 들어주어야 한다고 배웠는데 현실을 살다 보면 그렇지 못한 부분도 있더라고요.

저희 둥이는 할 수 없이 어릴 때부터 기다림을 배웠습니다. 그러나 그 기다림이 헛되지 않도록 노력했어요. '조금 기다리면 엄마가 내 말을 들어주는구나!' 아이가 느낄 수 있도록 했어요.

엄마는 애를 쓴다고 하다가 결국 첫째, 둘째 말 다 못 들어주고 울고불고하는 것보다 조금 기다리더라도 두 아이의 말을 다 들어줄 때, 만족도가 올라갈 것으로 생각했습니다. 모든 상황에서 늘 이렇게 기다리기만 해야 한다면 아이들도 힘들었겠지요. 모든 부분에서 그러는 것이 아니기에 괜찮았습니다. 이런 상황에서는 이것이 최선이라, 했던 것이지요.

아이들은 어떤 때는 기다리는 사람이 되기도 하고, 어떤 때는 먼저 말하는 사람이 되기도 하지요. 어떤 때는 먼저 말하면서 자신의 욕구를 채우기도 하고, 어떤 때는 자기도 친구의 말이 궁금해져서 먼저 하라고 하면서 양보하기도 합니다. 그러면서 또 경험하고 배우는 것이 있을 것으로 생각합니다. 무엇이든지 익숙해질 때까지는 힘듭니다. 연습 기간이 필요해요.

우왕좌왕 뒤죽박죽 하면서 점점 익숙해집니다.

저는 같은 일이 반복돼서 나도 아이도 괴로울 때 '어떻게 하면 좀 편해질까?' 생각을 참 많이 했습니다. 이놈의 육아가 2~3년 한다고 끝나는 것도 아니고, 한참을 더 해야 하는 데 곤란한 상황이 반복되면 너무 힘이 들더라고요.

엄마가 죄책감이 걸리고, 좋은 엄마가 되고 싶은 마음이 있다면 아이에게 사실을 말해주는 게 힘들 수가 있습니다. '거절'과 '거부당함'의 스토리가 올라오니까요. 사실을 말해주고 양해를 구하는 것은 아이를 거절하는 것도 거부하는 것도 아닙니다.

"우주야, 바다가 먼저 말했어."라고 말해도 저도 아이도 아무것도 걸리지 않아요. 가볍습니다. 먼저 말하는 친구의 이야기를 즐겁게 듣고, 자신의 이야기 또한 즐겁게 합니다.

저는 동시에 두 아이의 말을 다 들어줄 수는 없었지만, 제 나름의 방법으로 두 아이의 말을 모두 경청해 주려고 했습니다. 제 아이들은 경청을 아주 잘합니다. 기억도 잘하고요.

유치원 다닐 때도, 학교에 가서도 선생님 말씀하시는데 친구들이 왜 장난을 치는지 모르겠다고 말할 정도로 상대방의 이야기를 잘 듣습니다.

아이를 키우는 일은 엄마가 하는 것이지만 나와 내 아이에게 맞는 방법을 찾아가는 것은 나와 내 아이가 함께 할 수 있습니다.

'에이, 우리 아이는 그렇게 말해도 못 알아들을 거야'

'우리 아이는 안 돼'

생각하지 마시고, 일단 설명해주고 대화해보세요. 아이들이 이렇게 잘 받아들일 줄 알았다면 진작에 이야기해 볼걸, 하실지도 모릅니다. 아이들은 언제나 엄마의 말을 들을 준비가 되어 있답니다. 처음부터 다 잘할 수는 없지요. 그것을 기대해서도 안 되고요. 나와 내 아이가 서로 맞춰가는 과정 안에서 배려 깊은 사랑이 싹튼답니다.

육아를 하면서 참 기쁜 순간은요. 성장하고 변하는 아이를 보는 것이에요. 불과 얼마 전 까지만 해도 안 되던 아이가 어느 날 자연스럽게 해내는 모습을 볼 때 참 놀라워요. 한두 번 겪는 일도 아닌데 아이의 그런 모습을 보는 것은 언제나 행복하고 기쁩니다.

지금 안 된다고 해서 영원히 안 되리라는 법 없지요. 늘 마음을 열고 있으면 어느 날 '왠지 지금 즈음이면 될 것 같다!' 감이 오실 거예요.

누가 맞고 누가 틀리고는 없지요. 각자가 자신의 색깔에 맞는 육아를 할 뿐입니다. 나와 내 아이는 내가 가장 잘 아니까요. 어머님과 아이에게 맞는 방법을 찾아가는 재미와 기쁨을 마음껏 누려 보시기를 바라요.

4 장

자연스러운
아이를 키우는
'순리 육아'

자연스러운
기저귀, 젖병 떼기

배려 깊은 사랑 덕분으로 아이들을 자연의 섭리에 맞게 순리대로 키울 수가 있었습니다.

저는 모유 수유를 못 했습니다. 출산 후 회복 기간에 응급실에 가게 되었고, 주사를 맞았어요. 그 후로 며칠 동안 모유 수유를 못 했는데 그사이에 젖이 말라버렸습니다. 2주 정도 초유만 먹였어요.

모유 수유에 실패한 엄마 같아서 자책에 힘들었지만 제가 할 수 있는 것에 최선을 다하자고 생각했습니다. 그래서 항상 아이들을 가슴 가까이 안고 분유를 먹였어요. 다 먹이고 난 후에도 한참 동안 안고서 엄마 품을 느낄 수 있도록 했습니다.

제 아이들은 둘 다 32개월 즈음에 젖병을 뗐어요. 32개월 때 처음으로 장염에 걸리면서 젖병을 뗐습니다. 참 늦지요? 그리고 밤중 수유도 32개월까지 했어요. 24개월 이후로는 밥을 잘 먹었기에 영양 면에서는 부족함이 없다고 생각했기에 물에 분유를 한 숟가락 정도 타서 연하게 물처럼 먹었습니다.

주변에서 32개월까지 밤에 먹는 아이가 어디 있냐, 32개월까지 젖병을 빠는 것도 이상하다, 그런 얘기들 많이 들었는데, 억지로 해서는 안 된다고 생각을 했어요. 살살 유도해서 해볼까? 생각도 했지만, 저에게는 그런 재주가 없더라고요. 그냥 때가 돼서 자연스럽게 하는 것이 가장 좋다고 생각을 했습니다.

모유 수유를 못 했기에 아이들의 빠는 욕구가 채워져야 한다는 생각도 들었고요. 아이들이 젖병을 계속 빨고 싶어 하는 데는 그럴 만한 이유가 있을 것 같았습니다.

32개월에 장염에 걸리고 입원을 하면서, 아이들에게 말해 주었어요. 장염에 걸렸기 때문에 우유도 먹어서는 안 되고, 이제 젖병으로 먹는 거 그만해야 한다고요. 그런데 제 예상과는 다르게 아이들은 제 말을 너무 잘 받아들였어요. 그렇게 쉽게 끊게 될 줄은 몰랐는데 말이지요.

34개월에 치과 검진을 했는데, 의사 선생님께서 깜짝 놀라실 정도로 치아도 깨끗했어요. 아이의 감정만큼, 신체 욕구 또한 채워진 후에 자연스럽게 놓을 수 있도록 기다려주면 좋겠습니다.

엄마도, 아이도 마음 상하지 않는 평화적인 방법으로 그 시기를 앞당길 수가 없다면, 내 아이에게 적당한 시기가 올 때까지 기다려 주는 것이 가장 좋은 방법일 것입니다.

저는 쌍둥이를 키웠는데요. 기저귀 뗀 이야기가 또 재미있습니다. 바다는 25개월에, 우주는 36개월에 기저귀를 뗐습니다. 둘이 1년 정도 차이가 나네요.

바다는 18개월 즈음부터 소변을 한 번만 보고는 기저귀를 갈아 달라 요청을 했어요. 기저귀 뗄 때가 되었나 보다 싶었지만, 그때 제가 너무 힘이 들어서 배변 훈련할 여력이 없었습니다. 그렇게 아이는 18개월부터 25개월까지 집 안에서도 밖에서도 한번 싸면 무조건 기저귀를 갈아야 했어요.

그리고 25개월 경부터는 낮에 기저귀를 안 하는 날이 점점 늘어 갔습니다. 밤에는 제가 불안해서 기저귀를 채웠는데, 아이는 한 번도 밤에 소변을 본 적이 없어요.

바다가 기저귀를 떼면서 우주도 해보자 하고, 귀여운 변기 두 개를 사서 훈련을 시작했는데 아이가 강하게 거부를 했습니다.

한 아이가 하면 다른 아이도 자연스럽게 따라 할 거라던 그 말들이 제 아이들에게는 해당이 안 되더라고요. 또 한 번 깨달았지요. '모든 아이가 다르구나' 하는걸요.

배변 훈련에 도움이 되는 사례를 따라 해봤는데 아이는 그냥 거부했어요. 이렇게 계속하다가 아이를 잡을 것 같더라고요. 그래서 그냥 다 내려놓았어요. '때가 되면 하겠지' 그렇게 우주는 단한 번도 배변 훈련을 하지 않고, 36개월까지 기저귀에다 모든 것을 해결했습니다. 아이가 36개월을 지나고 있던 어느 날, 깜짝 놀랄 일이 일어났습니다.

어느 날 아이가 스스로 기저귀를 풀어서 갖고 오더니 "엄마, 이제 이거 안 할래요." 하는 거예요. 그러고 나서 너무나도 자연스럽게 화장실 가서 소변을 보더라고요. 연습 한 번 안 하고 이렇게 그냥 한 방에? 오 마이 갓! 네, 한방에 되더라고요. 자기 스스로요.

아이들은 자신의 몸을 잘 알아서 필요한 만큼의 영양소를 원하는 만큼 섭취하고, 신체 리듬을 조절한다고 하지요. 그래도 직접 경험해보기 전까지는 마냥 믿는 것이 힘들잖아요. 그런데 정말 그렇게 되는 것을 보면 '이게 진짜 되는구나' 싶습니다. 일란성 쌍둥이인데도 이렇게 두 아이가 확연히 달라요. 그런데 다른 아이들은 오죽할까요?

아이들이 자신의 몸을 알아가고, 조절하고, 스스로 선택할 수 있도록 엄마가 조금만 기다려줄 수 있다면 아이도 엄마도 모두 행복하게 그 시기를 보낼 수 있을 거예요. 젖병 떼기 적기는 몇 개월, 기저귀 떼기 적기는 몇 개월 하는데요. 내 아이가 떼는 그때가 내 아이에겐 적기랍니다.

먹는 일이 스트레스가
되지 않도록(식습관)

아이들이 어릴 때 밥 먹이는 거 힘드시잖아요. 밥을 잘 안 먹는 아이들도 많고요. 아이들은 무엇이든지 재미있고, 즐겁게 하는 걸 좋아합니다. 식사 시간 역시 마찬가지일 거예요. 아이에게 식사 시간이 즐겁고 행복한 시간이 되면, 아이는 자연스럽게 밥을 잘 먹더라고요.

저는 그래서 아이들에게 '너희에게는 먹고 싶은 음식을 먹고 싶은 만큼 먹고, 또 먹고 싶을 때 먹을 자유가 있단다'라는 메시지를 주려고 했습니다. 아이들에게 식사 시간이 즐겁고 행복한 시간이 되길 바랐어요. 그래서 저는 이렇게 했습니다.

1. 아이가 먹고 싶어 할 때
2. 아이가 먹고 싶어 하는 음식을

아이들이 이미 어느 정도 커버린 후라고 해도 처음부터 다시 시작하시면 아이들은 빨리 바뀌니 걱정하지 마셔요. 아이에게 먹을 음식을 선택할 기회를 주고, 그 선택을 존중해 준다면 아이는 먹는 일이 즐겁다는 것을 알아가요. 그리고 커가면서 많은 음식을 접하게 되고 직접 먹고 싶은 메뉴를 이야기하는 날이 찾아옵니다.

저희 둥이는 생후 6개월 딱 지나고 이유식을 시작했습니다. 저는 그때부터 스스로 먹게 해주었습니다. 절반은 몸에 마사지하고, 절반은 입으로 들어가고 그랬지요. 제가 옆에서 슬쩍슬쩍 떠먹이기도 했습니다. 이유식을 먹을 때마다 옷을 갈아입히고, 씻겼습니다. 아이들이 잘 먹어주는 것만으로도 좋아서 그때는 힘든 줄도 모르고 했었답니다.

이유식 시기와 죽 시기에는 그냥 그날의 메뉴를 그릇에 담아 자유롭게 먹게 했고요. 아이들이 어려서 알고 있는 음식의 수가 많지 않았던 밥 시기에는, 반찬 두세 가지를 놓고 아이들이 선택할 수 있게 했어요. 콩나물, 시금치, 생선을 놓고 아이들에게 물었지요.

"우주야, 바다야. 이 중에서 어떤 반찬에 밥 먹고 싶어?"

그리고 아이들이 원하는 반찬에 밥을 주었어요.

이유식 시기를 거치면서 아이들에게 식사 시간은 이미 즐거운 시간이었어요. 먹고 싶은 음식을 즐겁게 고르고, 먹었습니다. 물어보지 않고 제 마음대로 메뉴를 선정했을 때는 "엄마가 짜장밥 해봤어. 우리 맛있게 먹어볼까?" 이 정도 이야기만 해주고 아이들이 싫어하면 다른 밥을 주었습니다.

아이들이 먹고 싶은 음식을 선택할 수 있는 나이가 되었을 때는 먹고 싶은 게 있는지 미리 물어보고, 원하는 음식을 요리해서 주었어요. 네 살 때는 오징어 볶음을 정말 자주 먹었습니다. 일주일에 두세 번도 먹은 것 같아요. 지금도 오징어 볶음은 둥이 최애 메뉴예요.

아이가 밥을 안 먹는 것이 너무 힘이 드신다면 이유가 무엇인지 곰곰이 생각해 보는 시간이 필요하겠지요.

"아이가 골고루 먹었으면 좋겠다. 편식하는 게 싫다."

그럴 때는 어린 시절의 엄마에게 같은 상처가 있는 건 아닌지 잘 들여다보시면 도움이 됩니다. 먹기 싫은 음식을 억지로 먹어야 했던 엄마는 그게 싫다는 걸 알면서도, 자신이 경험한 대로 아이에게 하게 됩니다. 먹지 않는 아이를 보면서 자신도 모르는 사이에 상처에 맞닿아 괴로울 수 있어요.

'내 아이는 먹고 싶은 것만 먹게 해주자. 행복하게 먹은 음식이

키로 가고, 살로 간다'는 마음으로 사랑을 선택하시길 바라요.

"내가 요리를 못 해서, 아이가 밥을 잘 안 먹는 것 같다."

그럴 때는 아이에게 있어서 맛도 맛이지만, 분위기가 중요하다는 부분을 잊은 건 아닌지 들여다보세요. 아이들은 김과 달걀만 있어도, 자유로운 분위기 속에서 먹을 수 있다면 행복합니다.

저는 어릴 적에 아빠가 무서웠거든요. 밥 먹는 것이 너무 싫었어요. 엄마가 12첩 반상 저리 가라 할 정도로 푸짐한 밥상을 차려도 맛이 없었지요. 아빠가 무서워서 긴장하고 있어야 했으니까요. 아빠 없을 때 우리끼리 김치랑 계란 프라이에 먹는 밥이 훨씬 맛있었어요. 그러다 4학년 때부터는 아빠가 자상한 아빠로 돌아오셨어요. 그때는 가난해서 설탕물에 수제비를 끓여 먹었음에도, 편안한 분위기 속에서 자유롭게 먹으니 아빠가 만들어 주시는 그 수제비가 정말 맛있었어요.

"밥상이 너무 초라해서 나 자신이 무능해 보인다."

그럴 때는 그냥 현실을 바라보는 것이 도움이 되었습니다. 우리는 신이 아닙니다. 완벽해지려고 할수록 삶은 피곤해지기만 할 뿐이지요.

저는 육아 기계처럼 아이들을 키우고 살림 또한 놓지 못했었는데요. 요리는 도저히 할 시간이 없었습니다. 짬이 날 때는 아이들 음식을 만들었고, 남편과 저는 정말 거지처럼 먹었습니다.

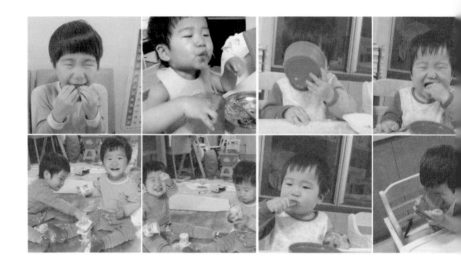

저희 남편도 밥이 사랑인 사람이라 차려주는 것을 좋아하는데 그때는 어쩔 수가 없더라고요. 아이들이 5살이 되고부터 제가 다시 마음 놓고 요리를 할 수 있게 되었고, 그때부터는 남편에게도 사랑 가득 담은 요리를 해주고 있습니다. 저는 제가 먹기 싫은 것은 안 먹는 사람이기에 아이들 또한 자유롭게 원하는 대로 해주었습니다.

저희 남편은 음식을 남기면 안 된다고 믿는 사람이라서 아이들이 밥을 남기면 뭐라고 말은 못 하고 힘들어했어요. 그래서 되도록 아이들 밥 챙기는 일은 제가 했습니다.

아이들은 어릴 때나 지금이나 스스로 먹을 때도 있고, 먹여 달

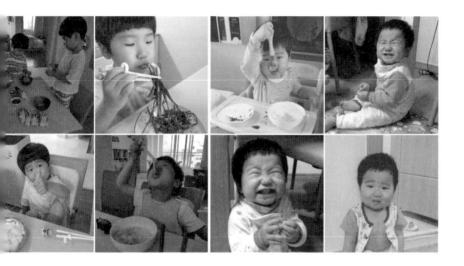

라고 할 때도 있습니다. 스스로 먹든 엄마가 먹여주든 배부르다고 하면 더 이상 권하지 않았습니다. 아이들이 편식하는 것처럼 보이지만 자세히 관찰해보면 아이들은 영양소를 골고루 섭취하고 있다는 것을 알 수 있습니다. 아이에게는 먹고 싶을 때, 원하는 음식을 원하는 만큼만 먹을 권리가 있답니다.

아이들이 두 돌 즈음에는 갓 지은 맨밥을 좋아했어요. 몇 달 동안 갓 지은 맨밥을 물에 말아 자주 먹었습니다. 어른들께서 반찬도 좀 골고루 먹여야 하는 거 아니냐며 한 번씩 말씀하실 때마다 저도 마음이 불편하기도 했지만, "이게 맛있대요." 그러면서 넘겼습니다.

언젠가는 삼계탕에 빠진 아이들이 3일 연속 삼계탕을 먹은 적이 있습니다. 엄마 욕심에 다른 메뉴를 해주고 싶었지만, 그건 엄마의 생각일 뿐 아이들은 3일 연속 삼계탕을 원하더라고요. 그럴 때는 '우리 아들이 단백질이 당기나 보다' 생각하고 제 욕심을 내려놓았습니다.

아이들이 몸에 좋다는 음식만 골고루 먹는 것보다 먹고 싶은 음식을 즐겁게 먹는 것이 좋다고 생각합니다. 아무리 좋은 음식이라도 억압된 분위기 속에서 먹는 것이 좋을 리 없겠지요. 김에 싸서 밥 한 끼 때워도, 하하 호호 웃으면서 즐겁게 먹으면 그것이 더 행복할 거예요.

엄마에게도, 아이에게도 먹는 일이 스트레스가 되지 않았으면 좋겠습니다.

화려한 메뉴가 뭐 그리 중요할까요? 아이들 어릴 때는 밥 차려서 먹는 것도 용하지요. 아이가 어릴 때는 다 그래요. 자책하지 마시길 바라요. 밥상이 초라해도 괜찮아요. 가족들을 위해서 그 밥상 차려낸 것만으로 이미 충분합니다. 먹는 일이 고통이 되지 않기를 바랍니다. 12첩 반상이 아니어도, 계란말이 하나에 밥 먹어도, 즐겁다면 그걸로 충분합니다.

저는 무엇이든 잘해야 했던 사람입니다. 못 하는 것을 받아들이기 힘들었지요. 육아하면서 제가 모든 것을 다 잘할 수 없는 사람

이라는 것을 받아들였습니다. 다 잘하지 않아도 괜찮고, 이 모습
이대로 충분하다는 것을 배웠습니다. 힘들 때는 쉬어 가기로 해
요. 그래도 괜찮답니다.

5장

놀이,
놀이,
놀이

놀이 바보 엄마가 키운,
놀이 영재 아이들

저는 지지리도 놀 줄 모르는 엄마입니다. 그런데 제 아이들은 놀아도 너무 잘 노는 놀이 영재 아이들이랍니다. 제 아이들은 심심하다는 말을 해본 적이 없어요. 언제나 하루 24시간이 모자라지요.

아이들을 키우면서 놀이가 정말 힘든 엄마였는데 지나고 나서 생각을 해보니, 그저 할 수 있는 것에 최선을 다한 것만으로도 충분했나 보다 싶습니다.

저는 아이들이 예쁘고 사랑스러워서 조잘조잘 이야기는 참 많이 해주었지만, 아이들이 놀자고만 하면 머릿속이 하얘지던 놀이 바보 엄마였지요.

"엄마, 같이 놀아요." "엄마, 놀아주세요." 하는 아이들의 말이 호환 마마보다 무서웠습니다. 아이들에게 많은 것을 주고 싶어서 엄마표 놀이를 열심히 검색했지만 실천한 적은 많지 않습니다.

제 나름대로 분명 최선을 다하고 있는데, 자꾸만 뭔가를 더 해 줘야만 할 것 같다는 생각이 컸습니다. 다른 사람들은 잘만 하는 것 같은데 나는 왜 이렇게 놀이가 힘들까? 자책도 많이 했지요.

어느 날 문구점에 가서 수수깡을 사 왔습니다. 제 나름대로는 포장지에 나와있는 그럴싸한 작품을 아이들과 함께 만들어 볼 생각이었어요. 그런데 아이들은 제 뜻과는 너무나도 다르게 놀았습니다. 수수깡을 요리조리 만져보더니 마구 부러뜨리고, 바닥에 두드리면서 신나게 노는 아이들을 보면서 '어떻게 놀더라도 재미있으면 됐다.'라는 생각이 들었어요.

놀 줄 몰랐기에 그거라도 사서 아이들과 같이 작품을 만드는 과정을 통해 기쁨을 함께 느끼고 싶었습니다. 그런데 자유롭게 자신의 방식대로 가지고 놀면서, 행복해하는 아이들과 함께 하는 그 시간 자체가 함께 노는 것이라는 것을 깨달았습니다.

아이들이 "엄마, 놀아주세요."하면 겁이 났어요. '엄마는 놀 줄 모르는데' '엄마는 노는 것이 가장 힘든 사람이야' 하는 생각이 만 분의 일초 사이에 튀어 올라와 부담스러웠습니다.

그런데 그럴듯한 재료를 개떡같이 가지고 놀면서도, 행복해하는 아이들의 미소를 보면서, 그런 생각이 점차 바뀌기 시작하더라고요.

아이들은 제가 놀이 선생님처럼 전문적으로 재미있게 놀아 달라고 한 것이 아니었어요. 아이들은 저에게 그런 능력이 없다는 것을 알고 있었을 겁니다. 엄마와의 애착을 차곡차곡 쌓아가고 있었던 아이들의 "엄마, 놀아주세요."라는 말이 "엄마와 함께 하는 것이 좋아요."라는 메시지로 다가오기 시작했습니다.

그래서 재미있게 잘 놀아주어야 한다는 부담을 내려놓고 아이들이 하는 말에 귀를 기울이고, 요청을 들어주는 것에 집중하기 시작했어요.

어린아이들에게 엄마는 우주이지요. 아이들은 엄마와 함께 하는 시간 자체로 이미 행복합니다. 자신이 가장 사랑하는 엄마가 자신 앞에 앉아서 두 눈을 반짝이며, "엄마는 너의 말을 들을 준비가 되어 있어. 너 하고 싶은 대로 다 해." 하고 있는데 얼마나 행복하겠어요.

아이들은 자신이 주인공이 되고 싶어 하지요. 그리고 아이들은 놀이를 이끌어 갈 수 있는 능력을 지녔습니다. 아이의 말에 대꾸만 잘해주고, 아이의 요청을 잘 들어만 주어도 아이는 놀이의 주인공이 되어 놀이를 이끌어 갑니다.

아이가 놀 수 있도록 환경을 주는 것도 중요하지만, 어린아이들에게는 엄마와 함께 하는 시간을 채우는 것이 필요하다고 생각합니다. 개떡 같은 놀이라도 엄마인 나와 함께 하는 시간 속에서 행복을 느끼는 아이들을 위해서 1분이 5분이 되고, 5분이 30분이 될 수 있도록 천천히 노력해 보세요. 그 시간을 채우고 나면 그 아이들이 자라서 "엄마, 우리끼리 놀 거예요. 엄마는 나가주세요." 하는 날이 오더라고요.

저는 타고난 쌍둥이 엄마라는 말을 들을 정도로 육아에 열정적인 엄마였지만, 열심히 하다가도 이유 없이 무기력한 날이 많았습니다. 제가 비록 잘하는 엄마들처럼 재미있게 놀아주지는 못했지만, 아이들의 요청은 들어주려고 최선을 다했습니다.

"이거 먹을 사람 누가 있어요?"라고 하면 "그거 먹을 사람 여기 있어요." 하고 대답했습니다. 저는 누워있거나 앉아있을 때가 많았지만, 자신의 말에 대꾸해 주는 것만으로도 신이 난 아이들은 계속 새로운 놀이를 개발해 냈어요. 그렇게 놀고도 밤이 되면 더 놀고 싶어 잠드는 걸 거부하는 날이 많았습니다.

아이들 어릴 때 찍은 동영상들을 보면, 저는 최선을 다해 열심히 입만 떠들고 있습니다. 그럼에도 불구하고 영상 속의 아이들은 누구보다 행복해 보이고, 신이 나 보입니다.

그때 그 시절에는 늘 부족하다는 생각이 컸지요. 해주고 싶은데 해주지 못했으니까요. 시간이 흘러 그때 찍은 영상들을 보면서 저도 모르게 눈물이 흘렀습니다.

'나 참 열심히 했구나. 그래, 내가 할 수 있는 최선을 다했구나.

아이들이 참 행복해 보이네.'

아이들에게 물감 놀이를 알려주고 싶어서 물감을 사주었어요.
모양이 있는 롤러도 사고, 붓도 사고, 스케치북도 샀지요. 그런데
제 아이들은 물감으로 그림을 그리는 것에는 관심이 없더라고요.

자동차를 좋아했던 아이들은 그 물감을 한꺼번에 다 짜서 자동
차와 함께 가지고 놀았어요. 화산 폭발 놀이도 좋아해서 물감으
로 그 놀이를 참 많이 했습니다. 그 물감으로 아름답고 독창적인
그림을 그릴 것이라는 생각은 엄마인 저의 욕심이었겠지요? ^^

　저는 놀아주는 것은 힘들어도 청소하는 것은 힘들지 않았어요. 아이들이 노는 동안에는 마음껏 원하는 대로 놀 수 있게 그저 옆에서 보조 역할을 하면서 호응을 해주었습니다. 아이들이 한참 동안 신나게 놀고 난 후에는 욕실로 가져가서 한 번에 싹 치웠어요.

　놀이 바보 엄마였기에 놀이를 만들어서 해주지는 못했지만, 아이들이 놀 때는 최대한 안 된다고 말하지 않았습니다. 위험한 것과 타인에게 피해를 주는 것, 그리고 제가 도저히 허용할 수 없는 몇 가지를 제외하고는 웬만하면 원하는 대로 놀 수 있도록 해주었

어요. 놀아보는 것도 이것저것 많이 해봐야 놀 수 있을 거라고 생각을 했습니다.

아이들이 다섯 살 때 물감을 참 많이 가지고 놀았어요. 몇 날 며칠 동안 집안의 수많은 자동차를 물감으로 칠하는 놀이를 계속했습니다. 아이가 다 칠하면 저는 세숫대야에 그 자동차들을 담가두었다가 세척을 하고, 아이들이 다시 칠할 수 있도록 주었어요. 그 놀이를 몇 달 동안 했습니다. 집에 손님이 와도 아이는 책상에 앉아서 열심히 물감으로 놀곤 했어요.

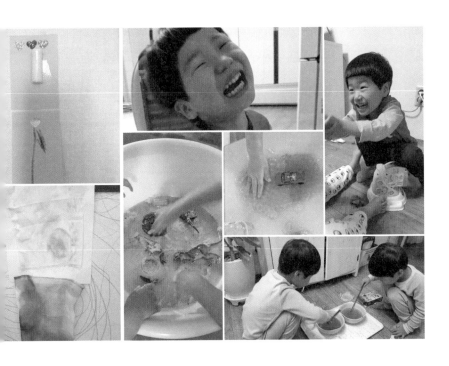

　고사리 같은 손으로 꼼지락거리는 모습만 보아도 귀여운데 이렇게 귀여운 작품을 만들면 그게 또 좋아서 벽에 붙여 전시했습니다.

　아이들이 아기 때부터 그린 그림들을 모아두고 있었어요.

　어느 날 정리를 하다가, 그걸 발견했는데 아이들이 정말 좋아했습니다. 대화하면서 아이들과 그 그림들을 엮어서 책을 만들었어요. 그림들을 스테이플러로 찍어서 너무 간단하게 만든 책인데, 아이들이 많이 좋아해요. 아무것도 아닌 것 같지만, 엄마가 자신들의 그림을 보관하고 있었다는 것에 행복해했습니다. 아이들과 초 간단 책 만들기 한번 해보세요. 아이들이 정말 좋아합니다.

지금도 그 책들을 꺼내어 보면서 깔깔깔 웃어요. 그 후로도 몇 번 더 만들었지만, 처음 만들었던 저 책들을 가장 좋아합니다.

살림살이를
아까워하지 말자

저희 집에 와본 사람들이 집이 굉장히 깨끗하다고들 해요. 지금은 아이들이 아무리 어질러도 뭐 10분이면 치우지요. 아이들이 어릴 때는 집이, 말 안 해도 아시겠지요? 개판 오 분 전이 무엇인가요, 그냥 개판이었지요.

그런데 요즘은 그때가 참 그립네요. 산후조리원에서 아이들을 데리고 처음 집으로 오던 날, 남편이랑 품에 한 명씩 안고서 온 집 안을 돌아다니며 아이들에게 말을 해주었어요.

"우주야, 바다야. 여기가 우리 집이야. 엄마 뱃속에 있을 때도 이곳이었단다. 세상으로 나와서 우리 집에 온 걸 환영해. 우리 이곳에서 행복하게 살자!"

저는 굉장히 깔끔한 사람이지만, 아이들이 어릴 때는 그 부분을 내려놓고 살았어요. 저도 참 신기한 것이, 아이들이 마음껏 어

지르고 여기저기 뒤지고 하는 모습이 마냥 귀엽기만 했답니다.

그때는 비록 육아를 배워가고 있던 시절이었지만, 아이들이 그렇게 자유롭게 집 안 구석구석 탐색하는 모습을 보면서 '뭔가 제대로 돌아가고 있구나' 했어요.

집이 아이들에게 가장 안전하고, 편안한 공간이었으면 좋겠다는 바람에 마음껏 탐색하고 경험하고 날아다닐 수 있게 하는 것에 신경을 많이 썼습니다.

어머님들, 살림살이가 아까우십니까! 설탕이, 소금이, 밀가루가, 휴지가, 냄비가, 국자가 아까우십니까! 아까워하지 마세요. 장난감보다 싼걸요.

　설탕이 물에 녹는 걸 보고 싶어 하는 아이에게 2천 원 하는 설탕 한 봉지를 내주어요. 설탕을 맛보고 싶다고 하면 접시에 담아주고 찍어 먹게 해주어요. 대부분 조금 먹다 말더라고요. 소금 한 봉지에 얼마 합니까, 얼마 안 하잖아요. 설탕이랑, 소금이랑 물 담긴 그릇에 넣고 어느 것이 먼저 녹나 보게 해주어요. 과학 놀이가 따로 있나요. 이런 것이 과학 놀이 아니겠습니까.

　아이들이 한 봉지를 다 쓸 것 같지만 그렇지 않더라고요. 한 번 해보고 호기심이 충족되면 더 이상 하지 않는 걸 여러 번 경험했습니다. 리본 그거 다 있다는 그곳에 가면 천 원인데요. 아이들이 그거 길게 늘이면서 얼마나 좋아하는지 몰라요. 실컷 갖고 놀게 해주고 잘 두었다가 필요한 곳에 사용하곤 했습니다.

아이들이 또 밴드 붙이는 걸 얼마나 좋아했는지 몰라요. 저렴한 거 사다가 약통에 넣어두면 스스로 꺼내서 얼굴에 팔에 붙이곤 했지요. 살짝 다친 정도는 알아서 붙이니 엄마인 저도 편했어요.

집에 한 개 있던 CD플레이어에 빠진 아이들이 CD를 넣고 무한 돌리기에 몰입한 적이 있습니다. 저렴한 CD플레이어 한 대 더 사서 한 대씩 주고 마음껏 돌리게 해주었어요. 살림살이는 왠지 아깝다는 생각이 들지요. 그런데 장난감 가격에 비하면 살림살이가 훨씬 싸게 먹힙니다. 아이들은 엄마를 좋아하잖아요. 엄마가 하는 걸 자신도 해보고 싶어 하더라고요.

저는 아이들이 만져서는 안 되는 물건들은 밖에 창고에 넣어두었고요. 집 안에 있는 모든 서랍은 아이들이 열어보고 꺼내 볼 수 있도록 안전한 물건들만 넣어두었어요. 장난감이 있었지만 바퀴가 달린 거 말고는 별로 관심을 안 보였지요. 서랍 뒤지고 꺼내고 하는 걸 참 열심히도 했답니다. 무선청소기 가지고 식탁 밑에 들어가면 배터리가 방전될 때까지 쳐다보고 소리를 들었네요.

아이마다 관심사가 다르니 굳이 관심 없는 아이에게 살림살이 들이댈 필요는 없지요. 그러나 관심 있어 하는 아이에게는 만지고 탐색할 기회를 주는 것이 좋다고 생각해요. '아이가 재미있어하니까' 그거 하나만으로도 이유는 충분하지 않나요.

물론 허용을 하는 부분에 있어서 자신만의 기준을 정하는 것이 좋습니다. 기준이 없으면 매우 불안하고 두려울 수가 있거든요. 자신이 정한 기준 안에서 허용해주고, 점차 한계를 넓혀갈 수 있다면 아이와 엄마 모두에게 더없이 좋겠지요.

아이들은 여전히 집에서 많은 활동을 하고, 24시간이 모자라도록 재밌게 놀지만 아기 때처럼 집을 탐색하지 않습니다. 아이들이 가장 안전한 공간인 자신의 집에서 왕성한 호기심을 표출하고, 해소할 기회를 주면 좋겠어요.

아이들은 호기심이 많지요. 모든 아이가 무한한 인간의 가능성을 갖고 태어난다고 합니다. 아이들은 예비 과학자이고, 물리학자이고 천문학자입니다. 해보고 싶은 것이 많은 아이들은 엄마가 그것을 할 수 있도록 도와줄 때 천군만마를 얻은 듯이 행복합니다.

집이라는 공간은 아이들이 태어나서 처음 접하는 작은 세상이 아닐까 하는 생각이 들었습니다. 눈에 보이는 모든 것이 궁금하고, 그것들이 아이들에게는 실험 대상이 될 것입니다.

저는 먼저 무언가를 준비해서 아이들을 이끌어주는 놀이는 하지 못했습니다. 제가 잘하는 것은 아이들이 마음껏 놀 수 있도록 간섭하지 않는 것이었어요.

아이들이 자유롭게 노는 모습이 좋았기에 "안돼."라는 말을 최대한 아꼈습니다. 그리고 '어떻게 하면 도와줄 수 있을까?'를 고민했어요. 아이들이 자기들끼리 무언가를 하다가 저에게 도움을 요청하면 최대한 도와주고, 함께 하자고 할 땐 곁에서 함께 하려고 노력했습니다.

폭넓게 허용하는 것은 저도 경험해 보지 못한 길이었습니다. 그랬기에 혹여나 그것이 아이들에게 안 좋은 영향을 주지는 않을까 두려움도 컸지요. 그러나 행복해하는 아이들을 보면서 맞다는 것을 본능으로 알았습니다.

처음부터 쉽지는 않았어요. 그저 하나, 둘 노력했을 뿐입니다. 아이들에게 경계가 필요할 때는 부드러우면서도 단호하게 경계를 주기도 하고, 도저히 저의 한계 안에서 불가능한 일일 때는 허용하지 않았습니다. 그렇게 돌다리를 건너듯이 더듬더듬 한 걸음씩 걸어왔어요.

제가 우려했던 것과 달리 아이들은 너무도 바른 아이들로 잘 자라고 있어요. 공공질서와 규칙을 칼같이 잘 지키고요. 되는 것과 안 되는 것을 잘 구분하며, 타인에게 피해 주는 행동은 하지 않습니다. 자연을 사랑하고, 지구를 사랑합니다. 그리고 무엇보다 사람 귀한 줄 알더라고요.

아이들이 성장하면서 세상에 나가고, 참 많은 것들을 배워야 하고 적응해야 합니다. 그런 아이들에게 집이라는 공간이 가장 안전한 공간이고, 가장 자유로울 수 있는 공간이었으면 했습니다. 집이 아이들의 무대가 되고, 아이들이 무대 위의 주인공이 되어 마음껏 뛰어놀 수 있는 공간이 되었으면 좋겠습니다. 집에서의 그런 행복한 경험이 아이들이 세상에 나가서 많은 것들을 배우는데 든든한 버팀목이 되어줄 것이라 믿습니다.

놀이를 통해 배우는 아이들
(아이들의 허튼짓 존중하기)

도대체 아이들이 왜 저러는 것일까 궁금할 때가 많았습니다. 엄마인 제 눈에는 아이들이 하는 것이 참 쓸데없는 일처럼 보일 때가 많았거든요.

아이들이 아기 때부터 아이들만의 고유한 시간을 방해하지 않으려고, 제 나름대로 노력했습니다. 아이가 멍하니 한 곳을 응시하는 시간이 내면의 힘을 키우는 소중한 시간이라고 배웠기에 최대한 조용히 하려고 했지요.

쌍둥이를 키우느라 그 부분이 제 마음처럼 되지 않아서 속상한 적도 많았어요. 한 아이가 집중하는 모습을 보고 분위기를 조성했는데, 다른 아이가 빽 소리를 질러 망친 적도 많아요. 그때는 저도 너무 어린 초보 엄마였기에 그런 일이 생길 때마다 속상하고, 좌절했습니다.

　'우리 아이들은 집중력 좋기는 글렀다' 싶었지요.

　제가 할 수 있는 것은 그저 할 수 있는 만큼 하는 것이었습니다. 아이들이 혼자서 무언가를 열심히 할 때는 저에게 도움을 요청하지 않으면, 저는 그냥 최대한 조용히 있었습니다.

　아이들이 한참 동안 테이프를 떼어서 종이에 그냥 갖다 붙이기도 하고, 물감 색을 모조리 섞어서 이 엄마가 보기에는 아무 생각 없이 휘휘 젓기만 할 때도 있었습니다. 그런 행동이 며칠씩 계속될 때는 솔직히 테이프도 아깝고, 물감도 아깝다는 생각이 슬슬 올라왔지요. 그래도 아이가 저러는 데는 다 이유가 있을 거야 했습니다.

　지나고 나니 아이들의 그런 행동들이 어떤 의미였는지 알겠더라고요. 아이들은 그 시간 속에서 '시도'하고 '행동'하고 '집중'하고 있었습니다.

아이들이 학교에 가고 학습을 대하는 태도를 보면서, 그 부분이 더욱 크게 와닿았어요. 공부를 시켜본 적이 없는데 아이들은 공부를 재미있어하고, 좋아합니다.

잘하고 못 하고는 중요하지 않아요. 즐겁게 임하는 아이들을 보는 것이 기쁩니다. 집중하라고 말한 적도 없고, 가르친 적도 없는데 아이들은 선생님 말씀에 집중을 잘합니다. 그 힘이 어디에서 나왔을까 생각을 해보니, 자연스러운 분위기 속에서 뻘 짓 하면서 집중하고 놀아본 데서 나온 것이더라고요.

정해진 틀이 있는 어른들의 눈에는 아이들의 그런 자유로운 행동들이 아무 의미 없어 보이지만, 아이들은 자기만의 놀이를 하면서 행복한 집중을 합니다.

아이가 그렇게 행복하게 집중할 때 방해하지 않고 그 시간을 존중해 준다면, 아이는 그 시간을 분명 내면의 힘을 키우는 시간으로 가져갈 거예요.

저는 외적으로 꾸미는 것보다 근본적인 부분을 가꾸는 것을 선호하는 편입니다. 머리카락을 염색하고, 비싼 트리트먼트를 받는 것보다 머리카락 본연의 건강함을 지키는 데 신경을 쓰지요.

육아도 다르지 않다고 생각을 합니다. 아이에게 '집중해라' 하는 백 마디 말보다, 아이가 집중할 수 있는 환경을 제공하고, 아이

가 집중하는 순간을 존중하고 지켜주는 것이 집중력 높은 아이로

자라는 데 도움이 될 거예요.

6 장

육아는
기다림!

아이가 울 때 괴로운
엄마 마음

아이들이 우는데, 이유를 모를 때 너무 두려웠습니다.

'내가 잘하면 아이가 울지 않을 텐데', '아이가 저렇게 울면 내
적 불행이 생길지도 모르는데…'

아이들 어릴 때 저의 육아는 '아이를 울리지 않기 위한 육아'였
다고 해도 과언이 아닐 거예요. 아이의 울음은 저의 무능함을 증
명하는 것 같았습니다.

'내가 잘했으면 아이가 안 울었을 텐데…'

제가 잘 못 해서 아이가 울었다 생각을 했습니다. 그래서 아이
가 우는 것을 견디기가 너무 힘들었어요. 우는 아이를 어쩌지 못
해서 결국엔 아이도 울고 저도 울고 울음바다가 된 날도 있었지
요. 아이를 울리지 않기 위해 애를 썼습니다. 아이가 울기라도 하
면 최대한 빨리 달려갔고 아이를 달래는데 전력을 다했어요.

지금 생각해보니 참 어리석었어요. 그때의 제가 할 수 있었던 것이라고는 아이의 울음이 그칠 때까지 아이를 안고 기다려주는 것밖에 없었는데 말이에요.

아이들은 그런 엄마의 마음을 아는지 모르는지 참 많이도 울었습니다. 졸려서 우는 아이들을 품에 안고 어르고 달래며 온 집안을 돌아다니고, 싱크대에는 수돗물이 콸콸 쏟아지고 있었습니다.

아이의 울음이 두려운 엄마는 그렇게 하루하루 견딜 수밖에 없었어요. 우는 아이를 달래다가 지칠 때면 '내가 이렇게 최선을 다하는데 왜 이렇게 울지?', '뭐가 부족해서 이렇게 울어. 엄마가 이렇게 노력하잖아!' 이런 마음도 들었습니다.

그렇게 아이의 울음을 두려워하던 엄마가 '아이의 울음은 자연스러운 것이고 치유의 과정이구나' 깨닫게 되는데 특별한 계기가 있었던 것은 아닙니다. 그저 하루하루 그렇게 육아하면서 살다 보니 어느 순간 자연스럽게 깨달아지더라고요.

30분을 울던 아이가 20분, 10분, 3분… 점점 울음이 짧아졌어요. 여전히 제가 해줄 수 있는 것이라고는 아이를 기다려주는 것뿐이었습니다. 공감될 때는 공감을 해주었습니다. 공감이 어려울 때는 '그래도 내가 기다려주는 것은 할 수 있지'라는 마음으로 아이가 다 울 때까지 기다려 주었어요.

아이의 마음을 반드시 100% 이해할 필요도 온전히 공감해줄 필요도 없었습니다. 초보 엄마에게 사실 그것은 불가능한 일이기도 했지요. 아이들은 참 많이도 울었지만, 반면에 참 많이도 밝았습니다.

그때는 너무 힘이 들어서 아이들이 행복하게 자라고 있다는 것을 자각하지 못한 채, '행복하게만 자라다오' 하는 마음으로 육아했습니다. 그러나 저도 모르는 사이에 밝은 아이들의 미소가 제 마음속에 '엄마, 나는 행복해요'라는 메시지로 차곡차곡 쌓이고 있었나 봅니다. 그러면서 '아이가 우는 것이 아이가 불행하다는 의미가 아니었구나' 하는 것을 점점 깨닫게 되었겠지요.

어느 날, 아이가 우는 것이 두렵지 않은 저를 보았습니다. 아이는 여느 때처럼 울었고, 저는 아이의 곁에 있었습니다. 우는 아이를 보는 것이 고통스럽지 않았어요. 그저 차분하게 아이가 다 울 때까지 기다려줄 수가 있었습니다.

아이가 왜 우는지 이유를 알고 싶던 날들이 많았습니다. 이유를 안다면 제가 해결해 주고 아이의 울음을 멈추게 할 수 있을 것 같았거든요. 그러면 괴로운 제 마음을 빨리 추스를 수 있을 것 같았어요.

아이의 힘든 감정을 해결해주고 싶었던 엄마는 울음을 빨리 멈추게 하고 싶었으나, 뜻대로 되지 않아 안절부절못했습니다. 그런 시간 속에서 아이 감정의 주인은 아이이며, 아이의 감정을 엄마인 제가 어떻게 할 수 없다는 것을 알아 갔습니다.

아이는 언제든지 자신의 감정에 따라 울 수가 있고, 그것이 지극히 자연스러운 모습이라는 것. 아이는 그렇게 울면서 자신을 치유해 가고 있다는 것을 깨닫고 나니 우는 아이를 차분히 기다려 줄 수가 있었습니다.

우리는 어릴 적 울고 싶을 때 울지 못해서 마음의 병이 생겼습니다. 우리 아이들은 울고 싶을 때 마음껏 울 수 있으니 이 얼마나 기쁜 일인가요. 울고 있는 아이는, 엄마에게 그다지 많은 것을 바라지 않을지도 모르겠습니다.

엄마는 해결해 주고 싶지만 아이가 엄마에게 바라는 것은 해결이 아닌 '기다림'일 것입니다. 우는 아이를 보는 것이 괴로우시다면, 해결사가 되고 싶은 마음을 내려놓으시고 '아이가 다 울 때까지 기다려주자' 하시면서 시간에 맡기시길 바라요.

"엄마, 다 울었어요. 이제 기분 풀렸어요."라고 말해주는 아이를 보며 저 자신도 다독여 봅니다.

'영애야, 잘 기다려줬다. 애썼다. 네가 할 수 있는 것은 없었어. 그저 기다려주는 것밖에는…'

아이는 울어서 슬픈 게 아닙니다. 그 울음에 공감하며, 기다려주는 부모가 없을 때 아이는 슬픕니다.

'지금'에 집중하면
아이를 기다려 줄 수 있어요

아이들이 어릴 때 스스로 잘 먹기도 했지만, 제가 먹여주는 날도 많았어요. 밥을 먹여주는데 아이가 입을 꽉 다물어 버릴 때가 있지요. 안 먹겠다는 신호입니다.

그럴 때마다 제 머릿속에는 순간적으로 이런 생각들이 스쳤어요. '밥을 안 먹겠다고?', '왜 안 먹겠다는 걸까? 왜?' 아이의 행동에서 원인을 찾고 해결하고 싶은 마음이었지요.

그런데 제가 언젠가부터 '지금'에 집중하기 시작한 후로는 아이의 메시지가 '밥 먹기 싫구나'에서 '지금 먹기 싫구나'로 바뀌었습니다. 참 놀라운 경험이었어요.

아이는 단지 지금, 이 순간 밥이 먹기 싫은 것이더라고요. 그 이유는 아이만이 알고 있겠지요. 무엇인가에 집중해서 일 수도 있고, 입안이 아직 음식을 받아들일 준비가 안 되었을 수도 있고요.

아니면, 정말 그냥 싫을 수도 있어요.

이런 상황에서 "그래. 지금 먹기 싫은 거구나." 하게 되니 이유를 찾는데 시간과 에너지를 낭비할 필요가 없어지더라고요. 그리고는 편안한 마음으로 조금 기다렸다가 다시 시도해 보면 아이가 잘 먹었어요. 아이들이 어릴 때는 말로 의사 표현을 정확하게 하는 것이 어렵지요.

내 아이가 배가 불러서 NO라고 하는 것인지, 지금, 이 순간 먹기 싫어서 NO를 하는 것인지 잘 살펴보시면 아이와의 갈등을 줄이는 데 도움이 돼요.

"샤워하자." 했는데 "싫어요."라고 한다면 "샤워하기 싫어요."가 아니라 "지금 하기 싫어요."라는 메시지가 아닌지 잘 보세요. 지금 하기 싫은 것이라면 엄마가 한 발짝 물러나서 "그래, 그럼 20분 후에 하자." 해볼 수 있을 거예요.

어떤 어머님께서 제 글에 이런 말씀을 해 주셨어요. 딸아이가 아토피가 있어서 언제나 샤워 후에 즉시 로션을 발랐다고 해요. 어느 날 샤워를 마친 후 딸아이한테 로션을 발라 주려고 하는데 딸아이가 "싫어."라고 했답니다. 그때 제 글을 읽은 것이 떠올랐고, 조급한 자신의 마음을 내려놓은 뒤 편안하게 아이에게 말씀하셨다고 해요. "그래, 지금 바르기 싫은 거구나, 알겠어. 조금 이따 바르자."

그러고 나서 잠시 후에 로션을 발라 주는데, 자신의 '지금'을 존중받은 아이도 행복해하고, 아이의 '지금'을 지켜준 어머님 자신도 행복하고 뿌듯하셨다고 합니다.

자신의 '지금'을 존중해 주면 아이들은 엄마의 배려를 알아요. 그러면 엄마의 예상보다 '기다림'의 시간은 훨씬 더 짧아지기도 하지요.

아이에게서 싫다는 말을 들으면 엄마에게는 '거절당함'의 스토리가 올라옵니다. 내가 무언가를 잘못해서 그러는 걸까 싶어서 자신의 탓으로 가져온 엄마는 이유를 찾아 해결하고 싶어 합니다.

아이를 키우다 보면 우리도 모르게 아이와 이기고 지는 싸움을 하는 순간이 찾아옵니다. 아이는 나의 경쟁자도 아니고 나를 골탕 먹이려는 사람도 아닌데, 우리 안의 수많은 스토리들이 그렇게 만들지요.

순수한 아이들은 스토리가 없습니다. 그저 안전한 엄마 앞에서 자연스럽게 자신을 표현하고 있는 것이지요.

순간을 사는 아이는 자신의 '지금'에 충실한 것뿐이랍니다.

내 아이가 부족해 보일 때
: 'ㄱ' 발음을 못 했던 아이

제 아이들은 발음은 부정확했지만 두 돌 즈음부터 말을 잘하기 시작했습니다. 그러다가 아이들이 30개월 즈음 되니 두 아이의 다른 점이 보이기 시작했어요.

바다가 'ㄱ' 발음을 못 하는 거예요. 아이는 'ㄱ'을, 'ㄷ'으로 발음했어요. '감'을, '담'으로. '공'을, '동'으로 발음하는 식이었지요. 반면에 우주는 'ㄱ' 발음이 정확했어요.

두 아이의 발음이 다르다는 것을 알게 되자 저는 많이 불안했어요. 그것이 비교에서 오는 두려움이라는 걸 알았지만, 혹시 제가 놓치는 부분이 있는 것은 아닌지 확인하고 싶다는 생각이 들었습니다.

아이한테 문제가 있는 건 아닐까 다른 발음은 다 잘하는데 왜, 'ㄱ' 발음만 안 될까? 더구나 그것 하나만 안 되니 더 불안하더라고요.

조카가 설소대 수술을 한 경험이 있기에 혹시 기능적인 부분에 문제가 있는 건 아닐까 싶어서 상담하러 갔습니다. 그런데 검사를 마치고 나서 상담해 주시는 분이 그러시더라고요. 아이는 오히려 또래 아이들보다 많은 발음을 정확하게 해내고 있다고요.

평균 이상인데 제 눈에는 부족한 'ㄱ'만 보이니, 다른 발음조차 부정확하게 들렸다는 것을 깨달았어요. 불안함에 눈과 귀가 멀어 버렸구나 생각이 들었어요. 문제가 없다고 하니 안심하고 집에 돌아왔습니다.

엄마는 정말 위대해요. 아이가 'ㄱ' 발음이 안 되는데도 불구하고 저는 아이의 말을 대부분 알아들었어요. 그리고 우주도요.

그런데 아빠도, 할머니도, 할아버지도 아이의 말을 알아듣지 못했습니다. 사람들이 자신의 말을 못 알아들으면 아이는 속상한 마음에 뒤집어 지곤 했어요. 그럴 때마다 엄마인 저도 너무 속상해서 아이를 붙들고 'ㄱ' 발음하는 연습을 하자고 채근했어요. 그때마다 아이는 거부했고, 더 하다가 아이를 혼낼 것 같아서 저는 '아이고 모르겠다' 할 수밖에 없었네요.

어느 날, 아이가 "엄마, 도디 먹고 싶어요."라고 했는데 제가 잘 못 알아들었어요.

"응? 바다야, 뭐라고?"

"엄마, 고! 기!"

아이가 정확하게 말하더라고요. 그런데 평상시로 돌아가면 도루묵이었어요. 그때 알았어요.

'아이가 안 되는 게 아니구나. 단독으로 발음할 때는 되는데 문장으로 이어 말할 때 'ㄱ'을 발음하는 게 아직 미숙한 거구나.'

그런데도 한 번씩 두려움이 올라왔어요.

'왜 아직도 안 되지?'

'되긴 되는 걸까?'

사람들이 자신의 말을 알아듣지 못하면 아이가 소심해질까 봐 그것도 걱정이었어요. 두려움이 올라올 때마다 아이를 붙들고 'ㄱ'을 연습하자고 했어요. 그때마다 하기 싫다고 거부하는 아이가 얄밉기도 했습니다. 흑흑흑…

그렇게 지내다가 드디어! 아이가 6살, 10월쯤에 'ㄱ' 발음을 했습니다! 그냥 어느 날 갑자기 아무렇지 않게 하는 거예요.

"바다야, 이제 'ㄱ' 발음이 되는구나!'

저와 아이들이 함께 참 많이 기뻐했던 기억이 나요. 거의 3년 동안 기다렸어요. 두려움이 올라올 때마다 힘들었지만 그래도 믿고 기다리는 것밖에 할 수 있는 것이 없었어요.

아이는 그저 자신만의 속도로 고유하게 가고 있는데, 엄마는 그것이 부족함으로 보여 불안하고 두려웠습니다. 상처받을까 봐, 무시당할까 봐, 어릴 적 나처럼 그렇게 아플까 봐요.

그런데 이제는 알 것 같아요. 제 아이들에게는 배려 깊게 사랑하려고 노력하는 엄마가 있어요. 제 아이들은 괜찮을 거예요. 배려 깊은 사랑을 주려고 노력하면서도 불안하고 두려웠어요. 그런 감정들이 올라올 때마다 아이들을 채근했어요.

처음 가는 길은 저도 두렵더라고요. 시간이 갈수록 아이들은 부족하지 않다는 걸 깨달아요. 아이들은 존재 자체로 온전합니다. 두려움이 많아서, 두려움을 극복하기 위한 육아를 했던 엄마이지만 아이들은 엄마가 배려 깊은 사랑을 위해 노력하는 것으로도 충분했어요.

아이들은 자신을 있는 그대로 자연스럽게 표현하는 아름다운 아이들로 자랐습니다. 앞으로도 우리는 많은 것들을 처음 겪을 거예요. 지금 이 순간 이후부터는 엄마인 우리도 다 처음 경험하는 것들이지요.

그래도 지난 시간을 통해 배웠으니까 그때보다는 조금 더 많이 믿고 기다려 줄 수 있지 않을까요?

일등만 하고 싶어 하는
아이

이겨야만 했던 아이들이었습니다. 아이들이 48개월 즈음 본격적으로 슬슬 시작됐습니다. 1등에 집착하고, 이겨야만 하는 '전능한 자아'의 시기.

갑자기 아이들이 '1등'이라는 단어를 자주 쓰기 시작하더라고요. 저는 그때 '전능한 자아' 시기라는 것을 몰랐습니다. '얘들이 갑자기 왜 이러지?' 했습니다.

1등에만 집착하는 아이들을 보는 것이 불편했습니다. 중요한 건 결과가 아니라고 하던데, 아이가 1등만 하고 싶다 하니 '계속 이렇게 이기려고만 하면 어떡하지? 커서도 이러면 사회생활 어떻게 하지?' 하면서 두려움이 훅 올라왔지요.

아이들은 늘 그런 엄마의 마음을 아는지 모르는지 하고 싶은 대로 하더군요. 아이들을 설득해 보려고 자기 전 잠자리 대화에서 매일 같이 이렇게 말했어요.

"우주야, 바다야. 꼭 1등을 하는 게 중요한 건 아니야. 엄마는 너희들이 1등 안 해도 괜찮아."

제가 아무리 이렇게 말을 해도 아이들은 뭐 콧방귀도 안 뀌지요. 그렇게 아이들의 그런 행동이 계속되던 어느 날, 그냥 탁하고 깨닫게 됐어요.

'아! 아이들이 지금 이것을 거쳐 가야 하는 시기인가보다. 아이들이 이러는 데는 다 이유가 있을 거야' 하는 생각이 들더라고요. 아이를 이해하는 것은 어려웠지만, 아이들의 그런 행동을 있는 그대로 바라볼 수가 있었습니다. 그때부터는 두려움 없이 충분히 이기게 해주었고 1등 하게 해주려고 노력했습니다.

육아 선배님들께서 그 시기가 지나면 다음 시기로 넘어간다고 말씀하셨지만, 저는 약간의 의심이 있었어요. 언제나 그런 것 같아요. 머리로는 잘 알고 있어도 경험해 본 적이 없기에 두려움이 올라옵니다. 그럴 때마다 믿음을 선택하며 두려움을 이겨보려고 애썼습니다.

쌍둥이라서 발달이 같다 보니 어떤 때는 이 아이 달래랴, 저 아이 달래랴, 진땀을 뺀 적도 여러 번이지요. 어떤 때는 얼렁뚱땅 넘어가기도 했습니다.

'전능한 자아'의 'ㅈ'자도 구경해보지 못한 엄마가 아이들에게

져주는 것이 힘든 순간도 있었고요. 그렇게 좌충우돌 뒤죽박죽 어찌어찌 그 시간을 지나왔네요.

아이들이 이것저것 시도해보면서 '이건 되네' '이건 잘 안되네' '이건 위험하네' 이런 시기도 한참 있었습니다. 아이들이 전능한 자아에서 유능한 자아로 넘어가는 시기가 약 3년간 계속되었어요. 쌍둥이라도 발달이 아주 똑같지는 않나 봐요. 유능한 자아 시기는 우주가 먼저 오더라고요.

일곱 살 어느 날인가 저랑 게임을 하던 아이가 이렇게 말을 했어요.

"엄마. 이번엔 엄마가 이겨요. 우주가 질게요."

"정말? 우주 이제 지는 것 괜찮아? 안 이겨도 돼?"

"네, 엄마. 우주 이제 꼭 안 이겨도 돼요."

아! 엄마 감동, 세상에 정말 이런 날이 오는구나, 신기하도다! 둘이서 그림을 그리다가 한 아이가 이렇게 말했어요.

"바다야, 너 정말 그림 잘 그린다. 네 그림이 내 그림보다 더 멋진 것 같은데."

"엄마, 종이배 싸움을 했는데 바다가 승자예요." 하면서 해맑게 웃으며 말했습니다.

이겨야만 직성이 풀리던 아이였습니다. 함께 놀다가 지기라도 하면 지는 거 싫다고 소리 지르던 아이였습니다. 그 아이가 어느새 자라서 자신과 타인이 다르다는 것을 알아가고 있어요.

내가 잘하는 것은 이것, 친구가 잘하는 것은 이것. 타인이 잘하는 것을 기꺼이 인정해 주고 칭찬해 주고 배려하는 아이로 자랐습니다. 바다는 아직 전능한 자아의 시기를 즐기고 있어요. 바다도 충분히 채워지면 넘어가겠지요. 전능한 자아, 유능한 자아, 아이들의 발달 단계를 알고 있으면 분명 도움이 되지만, 굳이 몰라도 괜찮다는 생각이 들었습니다.

아이들의 모든 행동에는 이유가 있고 그것이 채워지면 다음 단계로 자연스레 넘어간다는 것을 기억했으면 좋겠습니다. 그냥은 믿기가 어려워서 힘들 때마다 믿기를 선택하면서 버텨왔던, 그 시간이 정말 소중합니다. 이기고 싶은 욕구를 마음껏 채워보지 못했던 엄마와 아빠라서 아이들의 그런 행동들을 온전히 이해하고 받아주는 것이 힘들 때도 있었고, 시간이 필요했습니다.

제 안에 이기고 싶어 하는 내면 아이가 고개 들 때면 그 아이의 상처를 보듬어 주면서 '나는 엄마이니까' 하고 사랑을 선택하면서 왔습니다.

부모가 비춰주는 사랑 안에서 빛으로 자란 아이들은 자신의 욕구에 충실합니다. 자신이 거쳐야 할 단계들을 착실하게 걸어가지요. 자신의 빛을 포기하지 않는 아이들에게 제가 해줄 수 있는 것은 그저 아이를 사랑으로 믿고, 기다려주는 것뿐이었습니다.

인내심이 강하고 사랑이 넘치는 엄마라서 그럴 수 있었던 것이 아니었어요. 할 수 있는 것이 그것뿐이었기에 그렇게 했던 것입니다. 어떻게 하면 내 아이가 더 빛날까? 고민하던 때가 있었습니다. 아이들을 키우다 보니 그것보다 중요한 것이 스스로 빛나는 아이의 빛을 가리지 않는 것이라는 걸 알게 되었어요.

아이들은 사랑이고, 빛 그 자체입니다. 스스로 빛나는 아이들의 빛을 지켜주었으면 좋겠습니다.

사랑과 기다림으로
상처를 치유해요

아이들이 두 살 때 우주가 틱 증상을 보인 적이 있습니다. 침을 삼킬 때마다 '꼴깍' 하고 유난스러운 소리를 냈어요. 그러다가 아이가 폐렴으로 입원하게 되었는데, 엑스레이 촬영을 하는 김에 그 부분도 말씀드리고 봐 달라고 했습니다.

선생님께서 설명해 주시는데, 우주의 그 증상이 틱인 것 같다고 하셨어요. 전혀 예상치 못한 답변에 충격이 컸습니다. (지금이라면 그 정도로 놀라진 않겠지만, 고작 육아 1년 차의 엄마에겐 너무도 큰 충격이었어요.) 동생 태어나서 스트레스받거나, 아니면 엄마의 사랑이 부족하다고 느낄 때 그런 증상이 나타난다고 하셨습니다.

그런데 저는 무슨 자신감이었는지 선생님께 이렇게 말씀을 드렸습니다.

"선생님, 저는 저와 우주가 진심으로 교감하고 있다고 느껴요.

엄마의 사랑이 부족해서 그런 거라면 저희 우주 틱 아닐 겁니다."

남편에게 전화해서 자초지종을 설명하고 펑펑 운 기억이 나요. 남편은 그럴 수 있다고 했지만 저에게는 위로가 되지 않았어요. 지금 생각해 보면 저는 인정하기 싫었던 것 같아요. '내가 육아를 얼마나 열심히 잘하고 있는데 우리 아이가 애정 결핍으로 틱 증상이 나타나? 말도 안 돼. 그럴 리 없어' 이런 마음이 있었습니다.

집으로 돌아와서 저는 그냥 여느 때와 똑같이 아이를 대했어요. 그때는 정말 최선을 다하고 있었기에 해 오던 대로 할 수밖에 없었어요. 그저 저의 진심이 아이에게 닿기만 기도했습니다.

저는 그때 한 가지 배웠어요. '엄마가 아무리 애를 써도 아이에게는 부족할 수가 있는 거구나.'

엄마 마음을 몰라준다고 그 어린아이를 탓할 수도 없고, 그저 묵묵히 해오던 것처럼 하는 것이 제가 할 수 있는 최선이었어요. 제 마음이 불편하지 않으니 아이의 그런 모습도 불편하지 않았어요. '때가 되면 사라지겠지'라고 생각했습니다. 그러다 어느 날 문득 더 이상 그 행동을 하지 않는 아이를 보았고 '우리 우주, 이제 괜찮구나' 마음으로 기뻐했던 기억이 납니다.

우주가 틱 증상을 보인다는 것을 인정하기 싫었지만, 아이가 뭔가 불편한 것은 사실이었어요. 그러나 저는 분명 우주에게 사랑을 주려고 노력했고, 아이와 제가 진심으로 교감하고 있다고 느꼈기에 사랑으로 기다리는 것 말고는 약이 없다고 생각했습니다.

그때 만약 제가 엄마 마음도 몰라준다며 아이를 탓했다면, 아이 마음 하나 채워주지 못하는 무능한 엄마라고 자책했다면 어땠을까 생각을 해봅니다.

저는 아이들을 키워오면서는 포기를 몰랐어요. 안 된다는 생각을 안 했습니다. '노력하면 되겠지. 계속하면 되겠지' 그랬어요. 너무도 두려운 '틱' 증상도 엄마의 '사랑'과 '기다림' 앞에서는 사라지는 것을 경험했습니다.

아이들이 다섯 살이 되던 해에 유치원에 갔어요. 첫날 아이들은 배려 없는 유치원에 실망했고, 눈물범벅인 채로 "엄마를 너무 오래 기다려서 힘들었어요."라는 말을 했습니다. 너무 가고 싶어 했던 유치원이었는데 하루아침에 너무 가기 싫은 유치원이 되어버렸어요.

둘째 날부터 아이들은 눈 뜨자마자 유치원에 가기 싫다고 말했고, 저는 보내야 하나, 말아야 하나, 아이들과 씨름을 하며 뜬눈으로 며칠 밤을 지새웠습니다.

며칠 지켜보면서 제가 보기에도 유치원이 아이들에 대한 배려가 없다고 느껴져서 보내지 않겠다고 결정을 내렸어요. 그런데 그때부터 우주의 퇴행이 시작되었습니다.

아이는 무엇을 하든 엄마와 같이해야 했어요. 다시 아기 때로 돌아간 것 같았어요. 유난히도 많이 안아 달라고 했고, 불안한 모습을 자주 보였습니다. 신경질적이기도 했고, 짜증도 많이 부렸어요. 해맑던 아이가 갑자기 그렇게 변하니 너무 가슴이 아팠습니다.

'좀 더 자세히 알아볼걸. 입학 전에 사전 상담도 안 하는 곳을 뭘 믿고 보냈을까' 무지했던 것이 후회스럽고, 모든 것이 제 탓인 것만 같아서 괴로웠습니다.

그러나 저는 속상해하고 있을 시간이 없었어요. 아이를 봐야 하니까요. 상황을 받아들이니 아이가 퇴행하면서 자신의 상처를 표현하고 있다는 것을 느꼈어요.

'그래, 늦기 전에 결정한 거 정말 잘 한 거야. 우주 괜찮을 거야. 더 많이 가슴으로 안아주고 함께 하자.'

아이는 퇴행 행동을 한 달 넘게 했어요. 어느 날 나들이를 갔는데, 환하게 웃는 아이를 보면서 '이제 됐다' 싶었습니다. 아이가 그 상처를 오랫동안 품고 살까 봐 겁이 났어요. 아니 어쩌면 평생 트라우마로 남을지도 모른다고 생각했어요.

'이제 다시 유치원이든, 학교든 안 간다고 하면 어떡하지'라고 걱정했어요. 그런데 아이는 약 3개월이 지나고 그해 여름에, 이제는 어린이집을 가보자고 하더군요.

'아따! 우리 아들 회복 탄력성이 겁나게 좋네!'

새 어린이집에 갈 때는 원장님과 충분히 상담하고, 배려 속에 몇 달을 다녔으나 재미없다고 해서 그만두었어요. 그리고 일곱 살 10월부터 유치원에 다녔습니다. 등원 일수는 얼마 안 되지만 아이들은 유치원이 행복한 추억으로 남았다고 말했어요.

이런저런 시행착오들을 겪으며 저는 깨달은 것 같아요.

'시련은 얼마든지 닥칠 수 있지만, 내가 그것을 어떻게 대하는지에 따라 결과는 달라질 수 있구나.'

엄마가 곁에서 사랑으로 함께 하니 아이는 자신의 상처를 그렇게 치유하는구나. 그렇게 섬세했던 아이가 참 밝습니다. 까다롭던 아이가 맞나 싶게 참 너그럽기도 하고요. 세상에 태어난 것이 정말 만족스럽다고 합니다. 아름답게 자라는 아이들을 보는 것이 행복하고 감사합니다.

저는 어린 시절에 저 스스로 많은 것들을 해야 했어요. 그래서 '못해요' '안 돼요' '도와주세요'라고 말하는 것이 무척 어렵습니다. '일단 해보자. 안 되면 말고' 이런 식이에요.

그러나 제 안에 유능함과 함께 바보 또한 있었기에 제가 잘 해낼 수 있을 것 같은 일만을 골라서 했습니다.

그런데 육아는 그렇지가 않았어요. 선택의 여지가 없었습니다. 그저 할 수밖에 없었어요. 도망칠 수가 없는 일이었어요. 아이를 키운다는 건.

아이들이 자라면서 또 많은 일이 생길 거예요. '왜 나에게 또 이런 시련이 왔을까' 하며 힘들어할 수도 있겠지요. 그래도 저는 지금껏 해왔던 것처럼 묵묵히 하려고 합니다.

아프고 힘든 시간 속에서도 분명 배우는 것들이 있고, 그렇게 하나씩 배워가는 기쁨을 가슴으로 느낄 때 삶이 진정으로 행복하게 다가오는 것을 깨달았습니다. 아픈 시간을 사랑과 기다림으로 채울 수 있다면 다시 행복할 수 있습니다.

7 장

배려 깊은
쌍둥이
책 육아

자연스러운 환경 속에서
책과 친구가 되다

제가 책을 좋아했어요. 저는 초등학교 4학년 때 처음으로 독서를 했습니다. 그전까지는 교과서 말고는 책을 읽어본 경험이 없었어요.

3학년 겨울 방학 때 전학을 가서 4학년을 새로운 학교에서 맞이했는데, 그 학교에 작은 도서관이 있었습니다. 하교 후에는 늘 그곳에서 책을 읽었습니다. 책이 어찌나 재미있었는지 시간 가는 줄도 몰랐어요.

공부하고 싶었지만 집안 형편상 포기해야 했던 저였기에 그 부분에 대한 목마름이 있었습니다. 책 육아는 어쩌면 그런 마음에서 시작되었는지도 모르겠네요. 아이들에게 책을 주고 싶다는 생각을 일찍부터 했습니다.

아이들이 배 속에 있을 때부터 책을 두질 샀습니다. 그리고 아

이들이 100일 때부터 책을 읽어 주었어요. 그때는 아이들이 많이 어리고 집중하는 시간도 짧았기에 1분, 2분 이런 식으로 짧게 읽어주었어요. 저도 해보기 전에는 안 믿었는데 그 어린 아기들이 제가 책을 재미있게 읽어줄 때는 눈이 반짝반짝 빛나면서 깔깔깔 웃었어요. '뭘 안다고 이럴까?' 싶기도 했지만, 그저 아이들이 재미있어하는 걸로 됐다 생각했습니다.

책 육아는 사실 엄마의 사심에서 시작하지만, 엄마의 욕심이 과해지면 성공하기 힘들다는 이야기를 많이 들었습니다. 엄마가 요령 있게 치고 빠질 줄도 알고, 재미있게 유도해서 읽어주는 것이 필요하다고 하는데, 저는 그런 요령이 없는 엄마였기에 그냥 제가 할 수 있는 환경을 깔아주는 것에 열심히 했어요.

아이들이 기어 다니는 시기에는 항상 책을 갖고 놀 수 있도록,

책을 바닥에 깔아 두었습니다. 그리고 어릴 때는 모서리가 부드러운 보드 북 위주로 샀어요. 아이들이 14개월 정도까지는 책을 읽는 시간은 정말 많지 않았습니다. 그저 책을 물고 빨고 던지고 하면서 장난감처럼 갖고 노는 시간이 많았지요.

드문드문 책을 읽어 달라며 들고 오면 만사 제쳐 두고 책을 읽어 주었습니다. 책을 좋아하는 아이들로 키우고 싶었기에 책을 읽어 달라고 하는 아이의 요청이 저에게는 반갑고 기쁜 일이었어요.

장난감처럼 갖고 놀기도 하고, 읽기도 하면서 책은 아이들에게 어느새 친구 같은 존재가 되어 있었습니다. 그리고 '책은 재미있는 것이다'라는 인식이 생겼어요.

엄마인 저에게는 책이 특별한 것이었지만 아이들에게는 그저 재미있는 물건 중 하나일 뿐이었습니다.

아이들을 품에 안고
책을 읽어준 시간은 사랑이었다

책을 장난감처럼 가지고 놀던 아이들이 14개월쯤 되었을 무렵, 갑자기 책을 많이 보기 시작했어요. 제가 설거지하고 있을 때, 잠깐 쉬고 있을 때를 가리지 않고 아이들은 책을 읽어 달라며 들고 왔습니다. 드문드문 읽어줄 때는 책 읽어 달라는 요청이 기쁨이었는데, 그게 잦아지니 힘들기 시작했어요.

그러나 그것이 제가 바란 그림이었기에, 그저 버틴다는 생각으로 했습니다. 일과가 끝나는 밤이 되면 아이들은 책을 보았어요. 장난감처럼 갖고 놀던 자동차 모양의 책 두 권을, 침이 마르도록 읽고 또 읽었습니다. 엄마인 제 입장에서는 어찌나 재미가 없던지요. 왜 자꾸 같은 책을 반복해서 보는지 너무 지겨웠습니다.

그것이 지극히 자연스러운 모습이라는 것을 몰랐다면, 아이들의 그런 욕구를 무시하고, 새로운 책을 들이밀었겠지요.

그 모든 것들이 책과 친숙해지는 과정이라고 생각했기에 가능했습니다. 글자 수도 몇 자 안 되는 그 책을 수백 번 보는데, 볼 때마다 처음 보는 것처럼 재미있어하는 아이들을 보면서 참 신기했어요.

소방차 책을 보면서 연기가 피어오르는 그림을 '스멀스멀'이라고 표현을 했더니, 어찌나 신나게 웃던지 그 장면에서 셋이 깔깔깔 웃으며 행복해했던 때가 지금도 생생히 기억납니다.

한번 읽었다 하면 기본 2시간이었고 길게는 3시간, 4시간도 읽어주었습니다. 졸린 눈 비비고, 허벅지 꼬집어 가며 책을 읽어주는 것이 여간 힘든 일이 아니었지만 '내가 판 무덤이다' 하고 읽어줄 수밖에 없었어요. 너무 힘든 날은 "그만 좀 읽고 자자!" 하기도 했는데 그럴 때면 눈물로 마무리가 되었어요. 그러고 나면 밤새 아이들 울린 죄책감에 시달리며 괴로워하는 그런 상황이 또 싫어서 그냥 읽어주자 했습니다.

그렇 참 많은 책을 아이들과 함께 읽었습니다. 그때는 제가 읽어주는 것으로 생각했기에 온전히 즐기지 못 한때도 많았는데, 지나고 나니 '함께 읽었다'는 것을 알겠어요.

제가 놀아주는 것으로 생각했는데, 함께 놀았다는 것을 알았습니다. 사랑이 고팠던 엄마에게 아이들이 사랑을 주고 있었다는 것을 알게 되었습니다.

　아이들이 세 살까지는 품에 두 아이를 안고 책을 읽었습니다. 거실에 저의 자리가 있었고, 책 읽을 때는 늘 그 자리에서 보았습니다. 그러다가 아이들이 자라면서 독서대를 샀고, 그때부터는 제 옆구리에 두 아이를 끼고 책을 보았네요.

　『행복한 왕자』를 보면서는 셋이서 참 많이 울었습니다. 한 두 번 보는 것도 아닌데 왜 볼 때마다 눈물이 나던지요. 행복한 왕자가 불쌍해서 울고, 행복한 왕자와 제비의 사랑이 아름답고도 슬퍼서 울었습니다.

　그 시간이 그 무엇보다도 소중한 추억으로 저와 아이들 마음속에 자리 잡았습니다. 책을 좋아하는 아이로 키우고 싶어서 책을 읽어 주었지만, 책은 우리에게 소중한 사랑의 추억입니다.

아이들이 크면서 책을 조금씩 정리를 하는 중인데요. 저와 함께 특히 재미있게 읽었던 책은 아이들이 절대 못 버리게 합니다. 천 원 주고 샀던 싸구려 자동차 책, 너무 많이 읽어서 닳아버린 곤충 책 등등.

"엄마, 이 책들은 소중한 추억이 되었어요." 말하는 아이를 보면 그 시간이 필름처럼 스쳐 지나가고 콧등이 시큰거립니다. 이럴 줄 알았다면 그때 더 즐기면서, 더 많이 읽어줄 걸 그랬네요.

엄마인 저의 사심에서 시작한 책 육아는 그렇게 저와 아이들에게 사랑의 시간을 선물해 주었습니다.

쌍둥이 한글 떼기와
엄마의 외로움

배려 깊은 사랑으로 아이들을 키우면서 제가 줄 수 있는 것들을 주려고 정말 많은 노력을 했어요. 그런데 제가 한글에는 유독 의욕이 없었습니다. 책을 그렇게 많이 읽어주면서도 한글 떼기는 엄두가 안 나더라고요.

'책을 그렇게 많이 봤는데, 왜 글자를 못 읽지? 내가 이것도 해줘야 하나? 책을 그 정도 봤으면 알아서 읽어야 하는 것 아닌가?'

이 생각만 들었고, 통문 자라도 노출을 하려고 하면, 그렇게 짜증이 올라왔어요. 서당 개도 3년이면 풍월을 읊는다는데 이해가 안 가더라고요.

아이들은 5살까지 5천 권이 넘는 책을 읽었습니다. 글자가 적은 책, 많은 책, 그리고 장르 구분 없이 수많은 책을 읽었는데 왜 한글을 모르는 것일까? 내가 문제인 걸까? 아이들이 문제인 걸까?

왜 나는 글자를 알려주는 것이 이토록 힘이 드는 것일까?

아이들이 전부터 글자에 유독 관심을 보이기 시작했는데, 저에게 물어보면 그렇게 싫었어요. 배움을 좋아하는 아이들을 볼 때면 저절로 엄마 미소가 나오고 신이 났지만 글자를 물어볼 때면 저는 차가운 엄마로 돌변하곤 했습니다.

그러다가 육아 강연을 들으러 갔던 어느 날, 제 상처에 대해 알게 되었습니다. 아이들이 글자를 알고 싶어 하는데 글자를 알려주려고 하면 짜증이 나서 알려줄 수가 없다고 말씀드렸습니다.

"아이들이 글자를 알면 자유롭게 날아갈 텐데 외롭지 않겠어요?"

제 입은 아니라고 대답하고 있었지만 눈에서는 이미 눈물이 줄줄 흐르고 있었어요. 긴 시간 동안 책을 읽어 주었기에 힘들 때가 많았어요. 이제는 글자를 알아서 스스로 읽었으면 좋겠다고 생각했지요. 그런데 저의 진짜 마음이 보였습니다.

아이들이 제 곁에 착 붙어서 사랑을 주고, 귀찮게 해주는 것이 외롭지 않아서 좋았던 거예요. 아이들이 제 곁을 떠나 훨훨 날아간다고 생각하니 짙은 외로움이 몰려왔습니다. 글자를 알려 주기 싫었던 제 마음을 알고 나니 얼마나 슬프고 괴로웠는지 모릅니다.

공부를 너무 간절히 하고 싶었는데, 포기해야 했던 어린 시절의 제가 떠오르면서 제 아이들이 글자를 얼마나 알고 싶었을까 생각하니 기가 막히더라고요. 행복한 아이들로 키우고 싶어서 그렇게 열심히 육아를 했는데 제 외로움 때문에 아이들의 유능함을 억압했다는 것을 받아들이기 힘들었습니다. 정말 몰랐어요. 제가 주기 싫어서 안 줬다는 것을.

'그랬구나, 그랬구나, 아이고 기가 막히다!'

지하철을 타고 집으로 돌아오는 길에 흐르는 눈물을 주체할 수가 없었습니다. 제가 가여웠고, 제 아이들이 가여워서 참 많이 울었습니다.

지독하게도 외로웠던 저는 엄마 껌딱지인 아이들 때문에 힘들면서도 좋았어요. 24시간 쉬지 않고 아이들이 저를 찾는 것이 싫지 않았습니다. 힘들다고 징징거리면서도 외롭지 않아서 좋았습니다. 제 안의 외로운 내면 아이가 아이들의 한글 떼기와 이렇게 콤보를 이룰 줄은 정말 상상도 못 했어요.

알고 나니 주고 싶었습니다.

'그래, 몰라서 못 준거야. 이제 알았으니 주면 된다. 해보자!'

그러고서 그날 밤에 집에 들어가 아이들에게 말했지요.

"우주야, 바다야. 글자 알고 싶지?"

"네!"

"그동안 엄마가 글자 알려줄 때 짜증 내서 미안해. 이제부턴 엄마가 친절하게 알려 줄게."

"엄마, 엄마한테서 좋은 향기가 나요."

그날 아이들의 표정이 지금도 생생히 기억납니다. 아이들이 웃으면서 얼마나 좋아했는지 몰라요. 저에게 한글은 아픈 것이었지만, 그렇게 자각하고 아이들에게 줄 수 있음에 감사했습니다.

그날부터 바로 메모지에 좋아하는 글자 써서 붙이고 방문, 기둥할 것 없이 단어 카드로 도배를 했어요. 저랑 같이 보면서 익히는데 정말 즐겁게 했어요. 밖에 나가서 보이는 간판마다 읽어내는 아이를 보는 게 정말 기뻤습니다.

제 아이들 한글 떼기를 하면서 아이들이 이미 다 알고 있었다는 것을 느꼈어요. 그렇지 않으면 그렇게 빨리 한글을 깨치는 것이 불가능하다는 생각이 들었어요.

우주는 시작과 동시에 쭉쭉 읽더니 금세 깨우쳤고, 바다는 3개월 만에 완전히 한글을 뗐어요. 그때가 아이들이 52개월 정도 되었을 때입니다. 아이들은 통 문자로 한글을 뗌과 동시에 노트북 자판을 치면서 자음과 모음의 조합을 이해하고는 검색어를 직접 입력하며 놀았습니다. 쓰기에도 관심을 보이더니 곧바로 쓰기도 하더라고요.

참 신기하지요. 몰랐을 때는 아이들이 글자를 읽기를 바라면서도 막상 아이들이 글자를 물어보면 짜증이 먼저 났는데, 알고 난 후에는 글자를 물어보는 아이들이 그렇게 기특하고 사랑스러울 수가 없었습니다. 밖에 나가서 간판을 읽고 광고지를 읽는 아이를 보면 놀라움에 물개박수가 절로 나왔습니다.

글자를 어느 정도 깨우친 후에는 밤마다 두꺼운 책을 저와 아이들이 번갈아 읽으며, 읽기 연습을 했어요. 스스로 글자를 읽는 즐거움과 성취감에 푹 빠져서 시간 가는 줄 모르는 아이들을 보는 것이 정말 큰 기쁨이었습니다.

아이들에게 있어서 글자를 안다는 것은 날갯짓하던 새가 훨훨 날아가는 것과 같은 의미입니다. 글자를 알게 된 아이들은 이제 많은 것을 엄마에게 묻지 않고, 스스로 많은 정보를 흡수하기 시작합니다.

내 아이가 그렇게 유능함을 마음껏 뽐내는 모습을 보면서 마음 한편에서는 유능함을 억압했던 저의 내면 아이가 울고 있었습니다. 그래도 저는 엄마이기에 아이들과 저를 위해서 사랑을 선택할 수가 있었어요. 제가 저의 내면을 보지 않았다면 그렇게 날아가는 아이들을 기쁨이 아닌 쓸쓸함으로 바라보았을지도 모릅니다. 비록 시행착오가 있었지만 그 모든 시간이 소중했어요.

그렇게 즐겁게 글자를 배운 아이들은 그저 모든 배움이 즐겁습니다. 받아쓰기가 받아쓰기인 줄도 모르고 몇 점을 맞던 재미있게 합니다.

글자를 어떻게 쓰는지 가르친 적 없고, 더하기 빼기를 어떻게 하는지 가르친 적이 없는데 아이들은 재미있게 합니다. 책을 스스로 읽을 때도 있고, 여전히 저에게 읽어 달라고 할 때도 있습니다. 그렇게 자연스럽게 읽기 독립이 되어가는 중이라 믿고 있어요.

아이들이 8살 때 속독을 하고 있다는 것을 알았습니다. 과제를 하는데 5줄 정도 되는 지문을 순식간에 읽었다는 아이를 보고 놀라서 물었더니 아이가 문장의 한 가운데만 찍어서 읽기도 하고, 책 전체를 사선으로 읽기도 한다고 했습니다. 스스로 읽는 시간이 많았기에 몰랐던 부분이었어요. 이 작은 아이가 속독을 한다는 사실이 그저 놀라울 뿐입니다.

강요 없이 했기에 배움이 즐거운 아이들은 5살부터 멀리했던 영어도 다시 즐겁게 배우고 있습니다. 이유는 '영어를 읽고 싶어서'입니다. 자신의 욕구에 의해 기꺼이 배우기를 선택하는 아이들을 보면서 모든 아이는 배움을 좋아한다는 말을 실감하고 있어요.

평생을 외로움이 저 자신인 줄 알고 지독히도 외로운 삶을 살았던 저였기에, 날아가는 아이들을 보는 것이 솔직히 조금은 아쉽기도 해요.

"엄마, 엄마, 엄마" 시도 때도 없이 저를 부를 때는 숨고 싶기도 했어요. 그런데 아이들의 그 "엄마!"라는 말이 저를 살렸다는 것을 알았습니다.

8장

육아를

힘들게 하는

분노

모든 감정은
소중해요

육아를 해온 수많은 날을 이렇게 나눌 수도 있을 것 같아요.

분노를 한날

분노를 하지 않은 날

육아에 있어서 '분노'는 무엇일까요? 멀쩡하던 우리가 왜 아이를 키우며 '분노' 때문에 힘이 들까요?

나 이런 여자 아닌데 나 되게 교양 있고, 점잖은 여자인데 예전의 내 모습은 도대체 어디로 가버린 건가. '분노'가 올라와서 괴물에 빙의 된 자신의 모습이 낯선가요! '이건 내가 아니야!' 싶으신가요. 그 사람 어머님 맞아요. 자신 안에 분노가 있음을 받아들이세요.

감정에는 좋고 나쁨이 없습니다. 모든 감정은 소중하지요. 내가 느끼는 모든 감정이 소중하다는 것을 내가 인정해야 그 감정들을 대면할 수가 있고 놓아버릴 수가 있습니다. 그리고 자신을 사랑할 수가 있습니다. 안전하게 해소할 수 있다면 그것 또한 에너지이기에 좋은 쪽으로 잘 활용할 수가 있어요.

저는 아이들이 생후 2개월쯤 되었을 무렵, 처음으로 분노를 느꼈습니다. 아이들이 잠을 너무 안 잤어요. 잠들기 전에는 무조건 한 시간 이상을 울며 잠투정을 했습니다. 안아도 소용없고, 안고 돌아다녀도 잠시뿐이었지요. 이래도 안되고, 저래도 안되는 상황에 너무 힘이 들었습니다.

육아서에서 읽은 대로 '아기는 잠드는 것을 두려워한다', '아기가 나를 힘들게 하려고 그러는 게 아니다'를 되뇌며 이해를 해보려고 해도 잘 안 됐어요. 화를 누르는데 가슴에 뜨거운 불덩이가 들어 있는 것만 같았습니다.

아기가 문제였어요. 잠을 안 자는 아기가 문제였습니다.

'왜 이 아기는 잠을 안 자서 나를 이렇게 힘들게 하는 것일까!'

그것이 엄마인 저의 문제였다는 것을 그때는 까맣게 알지 못했습니다. 울어보지 못한 엄마가 우는 아이를 보는 것이 힘들었다는 걸. 징징거려 보지 못한 엄마가 징징거리는 아이를 보는 것이 힘들었다는 걸.

제 육아의 최대 난관은 '징징거림'이었습니다. 아이들은 자유롭기에 조금이라도 자기감정이 불편하면, 바로 징징거림으로 표현을 했어요.

일찍이 애어른이 되어 감정을 컨트롤하면서 자랐고, 징징거림을 수용 받아 본 적이 없었던 엄마는 아이들의 징징거림이 너무도 힘이 들었습니다.

지금 생각해 보면 제 아이들이 쌍둥이라서 그렇지, 아이가 한 명이었다면 징징거림이 매우 적은 수준이었어요. 그런데 그때는 그 징징거림 때문에 너무도 괴로웠습니다. 아이들이 48개월이 될 때까지는 오롯이 육아만 했습니다. 그러던 어느 날 갑자기 이런 생각이 들었어요.

'지금까지 해왔던 방식으로 계속 육아를 해선 안 될 것 같다. 뭔가 변화가 필요해' 직감적으로 그렇게 느꼈고, 저는 그때 내면 여행을 시작했습니다. 내면 여행을 하면서 육아하며 수시로 올라왔지만, 아이들이 놀랄까 봐 누를 수밖에 없었던 수많은 감정을 마주했고, 정신을 차릴 수가 없었어요.

강연이라도 한번 듣고 온 날은 밤새 눈물을 흘렸고, 날이 밝으면 통곡을 하기 일쑤였습니다. 제 안에 그렇게 많은 분노가 있었다는 것을 알고는 너무 무서웠습니다. 아이들 잡을까 봐요.

저는 분노라는 감정이 부정적이라고 생각했기에 제 안에 분노가 있다는 것을 인정하지 않았고, 그것을 아이들에게 내색하지 않으려 안간힘을 쓰면서 육아를 했습니다. 그런데 억압한 분노가 고스란히 제 안에 남아있었다는 것을 알고는 지난 시간이 얼마나 후회가 되었는지 모릅니다. 억압하면 사라지는 줄 알았지요. 해결되지 않은 감정이 그렇게 차곡차곡 쌓이고 있을 줄은 꿈에도 몰랐습니다.

저는 아이들 앞에서 엄마가 우는 모습을 보이면 큰일 난다고 믿었던 사람이었기에 울고 싶어도 꾹꾹 참았습니다. 그런데 내면 여행을 하면서 그동안 참았던 눈물이 터지는데, 그 어떤 의지로도 참아지지 않았어요.

아이들이 6살이었지만 평소에 대화를 많이 했기에 아이들이 알아들으리라 생각하고, 이야기해 주었습니다.

"엄마가 우는 건 너희들 잘못이 아니야. 엄마가 가슴에 있는 상처를 치유하기 위해서 우는 거야. 이 눈물은 상처를 치유해주는 고마운 눈물이야."

그런데 정말 놀랐던 것은 아이들이 우는 엄마의 모습을 자연스럽게 받아들인다는 것이었어요. 제가 두세 번 말해주었더니 아이들은 인제 그만 알려줘도 된다고 했습니다.

그리고 제가 방에서 울 때는 "바다야, 엄마 치유하고 있다. 우리는 놀자!" 하면서 신나게 놀았어요.

제가 울음을 억지로 참던 지난날보다 시원하게 울어낼 때 아이들 모습이 더 가벼워 보였습니다.

아이들은 순수하기에 그 어떤 스토리도 쓰지 않습니다. 모든 것을 있는 그대로 바라보지요. 치유하는 중이라는 저의 말을 아이들은 판단 없이 들었기에 그 시간들을 있는 그대로 바라볼 수 있었습니다.

저는 평소에도 아이들과 충분한 대화를 나누었고, 아이들 탓이 아니라고 설명해 주었습니다. 그런 제 말을 아이들이 이해했기에 그것이 가능했습니다.

아이에게는
아무 잘못이 없습니다

제가 그동안 하지 못했던 말들을 혼자서 쏟아 내기도 하고, 글로 쓰기도 하면서 한 가지 알게 되었던 사실은 아이들에게는 아무 잘못도, 문제도 없다는 것이었습니다. 그렇게 저는 아이에게 문제가 있다고 생각했던 지난날에서 벗어나 분노가 올라올 때 원인을 저에게서 찾기 시작했습니다.

'이 아이가 왜 또 이럴까?'라는 생각에서, '이 아이가 무엇을 비춰주는 것일까?' 하면서 관점을 엄마인 저에게 돌리니 아이를 대하는 태도가 한결 부드러워졌습니다.

아이는 엄마를 비춰주는 거울이에요. 엄마의 분노를 감지하면 아이는 자신도 모르게 불안해집니다. 잘 지내던 아이들이 자주 싸우기도 하고, 평소 같으면 그냥 넘어갈 일도 고집 피우고, 떼를 쓰지요.

아이들도 본능적으로 하는 행동이기 아이는 자신이 왜 그러는지 모릅니다.

엄마는 '아이가 계속 화를 돋운다'라고 생각을 합니다. 하지만 아이가 그렇게 행동하는 건 "엄마. 분노를 풀고 편안해지세요."라는 의미입니다. 아이들이 진정으로 바라는 것은 언제나 "엄마의 행복"이니까요. 분노를 풀기 위해서는 상처를 대면해야 합니다. 상처받았던 그때로 돌아가, 그때의 감정을 다시 느낀다는 것이 쉽지는 않아요.

그러나 분노 뒤에는 사랑이 나온답니다. 제 안의 분노가 날카로운 화살이 되어 제 아이들을 향하게 될까 봐 안전한 공간에서 많이 울고 치유했습니다. 사랑하는 아이들에게 상처 주고 싶지 않아서 시작한 내면 여행이었습니다. 그런데 치유하면서 저 자신이 그 누구보다 소중한 존재임을 알게 되었습니다.

제가 아이들이 울면서 스스로 치유하고 있다는 것을 깨달았듯이, 제 아이들 또한 제가 흘린 눈물이 상처를 치유해 주었다는 것을 압니다. 제가 다 울고 나오면 말없이 저를 안아 주기도 해요. 그리고 해맑게 웃습니다. 아이 때문에 분노가 올라오는 순간에 아이를 향하던 레이더를 엄마인 나에게 돌리는 연습을 해보세요.

우리에게는 사랑을 선택할 시간이 있습니다.

늦었다고 생각하지 말고,
아이에게 사과해 주세요

아이의 잘못이 아니라는 걸 머리로는 잘 알고 있지만, 우리의 무의식은 우리도 모르는 사이 매우 빠르게 작동합니다. 날카로운 화살이 이미 아이에게 향하고 난 후 엄마는 정신이 들지요. 아차 싶지만, 상황은 이미 벌어진 후인 경우가 많습니다.

이미 아이한테 화를 내고 만 후인가요? '내가 왜 그랬을까? 아이가 얼마나 놀랐을까? 나는 나쁜 엄마야' 자책하고 죄책감을 끌어안고 오늘 밤 뜬눈으로 지새우실 건가요?

대부분의 엄마가 늦은 사과는 의미가 없다고 생각합니다. '화낼 거 다 내고 나서 사과하면 뭐 해?' 하며 포기해 버립니다. 그러나 아이는 엄마를 기다리고 있어요. 아이가 엄마를 기다리고 있다는 것을 안다면 엄마의 마음도 달라질 수 있지요.

분노의 화살이 아이에게 향하기 전으로 돌아갈 수 있다면 정말 좋겠지만, 상황은 이미 벌어졌으니 이렇게 해보기로 해요.

"아가야, 엄마가 갑자기 화내서 많이 놀랐지? 미안해. 아가 때문이 아니야. 네 잘못이 아니야."

아이에게 말을 꼭 해주세요. 엄마의 말 한마디에 아이의 마음은 가벼워질 수 있답니다. 우리에게는 사랑을 선택할 시간이 있고, 상황이 벌어진 후라고 할지라도 잘못을 바로잡을 기회가 있다는 것을 기억하셨으면 좋겠습니다.

죄책감으로 자신을 정죄하면서 힘들어하지 마시고, 언제나 엄마를 용서하는 내 아이가 내민 손을 기꺼이 잡고 사랑을 선택하시길 바라요.

한번 올라온 분노는 처리하지 않는 이상 그대로 가슴에 쌓이게 됩니다. 그리고 그 분노는 가장 안전한 대상인 내 아이를 향할 가능성이 매우 크지요. 분노가 올라오는 것을 인정하고, 그 분노를 어떻게 현명하게 처리할 것인가 선택하세요. 나와 내 아이를 위해서요.

9장

오늘도

죄책감에 잠 못 드는

당신에게

죄책감은
미안한 마음이 아니다

열 개 중에서 아홉 개를 잘하고도 나머지 한 개를 잘못하면 늘 죄책감에 시달려야 했습니다. 하루 종일 웃다가 너무 힘이 들어 얼굴 한번 붉히는 날에는 밀려드는 죄책감에 얼마나 괴로웠는지 몰라요. 몸은 너무 피곤한데도 죄책감에 가슴을 쥐어뜯으며, 밤을 지새운 날이 많습니다. 자신에게 벌이라도 줘야 아이들에게 사죄하는 것 같았거든요.

그런 밤이면 머릿속에는 이런 생각뿐이었습니다. '내가 왜 그랬을까? 그러지 말았어야 했는데. 내가 미쳤었나 봐.'

죄책감이 있는 엄마는 아이를 보지 못합니다. 자신의 행동이 후회되고, 못마땅해서 그저 자책하기 바쁩니다. 시간을 되돌릴 수만 있다면, 억만금을 주고서라도 그렇게 하고 싶을 만큼 괴롭습니다. 엄마가 그렇게 괴로워하는 사이에 아이는, 엄마를 괴롭게 만든 것이 자신이라는 생각에 그 죄책감을 고스란히 이어받습니다.

어디서부터 시작되었는지 모르는 뿌리 깊은 죄책감은 시도 때도 없이 고개를 들었습니다. 아이들을 사랑으로 키우려고 피나게 노력을 하는데, 조그만 잘못 하나에도 죄책감은 큰 파도처럼 순식간에 모든 것을 집어삼키곤 했습니다. 죄책감에 괴로운 날이면, 그동안의 모든 노력이 물거품이 되는 것만 같아서 무기력해지곤 했습니다.

내면 성장을 하면서 죄책감이 '위장된 분노'라는 것을 알았고, 그 분노를 누르느라 그렇게 무기력했다는 것을 알았습니다. 죄책감이 미안함인 줄 알았습니다. 그 달콤함에 속아 죄책감을 놓는 것이 무척 어려웠습니다.

제가 그렇게 죄책감 속에서 괴로워하고 있으면, 아이들이 그런 제 마음을 이해해 줄 것으로 생각했습니다. '엄마가 일부러 그런 게 아니야. 엄마도 어쩔 수 없었어'라고 소리치고 싶었습니다. 제가 저를 용서하지 않는 것이 사죄하는 것이라고 생각을 했습니다. 그때의 제 의식에서는 그것이 최선이었어요.

죄책감은 미안한 마음이 아닙니다. 죄책감이 있으면, 자신의 실수를 인정하지 못하고, 자신을 용서하지 못합니다. 실수를 인정하지 못하는데 어떻게 진심 어린 사과를 할 수가 있을까요?

아이들을 크게 혼냈던 날 너무 괴로워서 뜬눈으로 밤을 지새우며 이렇게 다짐을 했습니다.

'오늘의 내 행동을 절대 잊지도 말고, 용서하지도 말자. 평생 사죄하면서 살자' 지금 생각해 보면 얼마나 바보 같은 생각이었는지 몰라요. 저를 도저히 용서할 수가 없었습니다. 저 자신에게 분노하고 있었기에 아이들에게 사과 또한 할 수가 없었어요.

"엄마가 미안해."라고 말은 했지만, 영혼이 담기지 않았으니 아이들은 받아주지 않았지요.

긴 시간이 흐른 후에 아이들과 그날의 일에 대해서 이야기를 하는데 아이들은 이미 저를 용서했다는 것을 알았습니다. 저를 용서하지 못한 사람은, 그 누구도 아닌 바로 저 자신이었다는 것을 알았습니다.

아이들은 언제나 엄마를 용서하지요. 아이들은 엄마가 죄책감을 놓고 자유로워지기를 진심으로 바랍니다. 정말 긴 울음을 토해내면서 그날의 저를 안아주었고, 실수를 인정했고, 아이들에게 진심으로 사과할 수 있었습니다.

상황을 모면하기 위해서 영혼 없이 사과를 할 때는 아이들도 받아주지 않았어요. 진심으로 사과를 하니 아이들도 비로소 가벼워진 것이 보였습니다.

정말 다행인 것은 죄책감 많은 엄마가 키웠음에도 불구하고, 아이들은 빛으로 잘 자랐다는 것입니다. 몰라서 그렇게 긴 시간 괴로웠지만 그 와중에도 배려 깊은 사랑을 주고자 끊임없이 노력했기에, 아이들은 스스로 자유롭기를 선택했습니다.

"엄마! 이제 그만 미안해도 돼요! 죄책감을 내려놓고 우리 눈을 보세요!"

우리는 인간이기에 누구나 실수를 합니다. 자신의 실수를 인정하고, 자신을 용서할 수 있다면 사랑하는 아이에게 미안하다고 진심으로 사과할 수 있습니다.

"엄마 자신을 용서하세요…"

죄책감이
왜 육아를 힘들게 하는가

죄책감이 있는 엄마는 아이에게 자신의 의사를 표현하기가 힘듭니다. "NO"라고 할 수 없기 때문입니다.

엄마는 항상 죄인이 되어야 하기에 하기 싫어도 아이의 눈치를 보며, 억지로 아이의 요구를 들어주게 됩니다. 스스로 지은 죄가 있다고 생각하기에 허용과 방임 사이에서 아슬아슬한 줄타기를 하며 아이에게 건강한 경계를 주지 못하고 언제나 불안함을 안고 삽니다.

그것도 하루 이틀이지 매번 그러다 보면 희생이라는 굴레에 갇혀서 엄마는 자신도 모르게 아이에게 조건을 걸고 대가를 바라게 됩니다.

부모가 부모일 때 아이들은 마음이 안정되지요. 죄인인 부모를 보는 아이의 마음은 언제나 불안합니다. 온전하고 고유하지만 아직 모르는 것이 많은 세상을 탐험하는 아이에게 안전한 울타리가 되어주세요.

부모는 부모의 자리에, 자식은 자식의 자리에 있을 때 아름답습니다. 엄마 안에 죄책감이 있으면 아이를 있는 그대로 보는 것이 어렵습니다. 아이의 작은 행동 하나하나가 거슬리고, 혹시 그것이 내 탓이 아닐까? 하는 마음이 올라오기 때문입니다.

아이가 어느 날 갑자기 손톱을 물어뜯는 행동을 하기 시작을 했습니다. 아이들은 그런 특정 행동을 통해서 긴장을 해소하고, 마음의 위안을 얻으며 치유를 하기도 하지요. 그런 행동이 짧게는 하루가 될 수도 있고, 길게는 몇 달이 될 수도 있을 거예요.

엄마 안에 스토리가 없다면 엄마는 아이의 행동을 있는 그대로 볼 수 있을 것입니다.

'내 아이가 뭔가 불편한 것이 있구나. 행동을 통해서 스스로 치유를 하고 있으니 안심이다' 생각하면서 아이에게도 편안하게 이야기할 수 있을 거예요.

"아가야. 요즘 뭔가 힘든 일이 있는 거니? 엄마의 도움이 필요하다면 언제든지 말하렴. 엄마는 언제나 너의 이야기를 들을 준비가 되어있고, 어떤 상황에서도 너를 믿고 지켜줄 거야."

불안하고 힘든 아이에게 필요한 것은 부모의 한결같은 믿음이고, 따뜻한 품일 것입니다. 엄마가 차분하고 담담하게 아이의 행동을 편견 없이 바라봐 준다면, 엄마도 모르는 사이에 아이들의 특정 행동은 거짓말처럼 멈추기도 해요. 엄마 안에 스토리가 있다면, 자신의 탓으로 돌리기 때문에 아이의 행동을 확대하여 해석하고, 아이를 채근하게 됩니다.

엄마는, 자기 때문에 아이가 잘못되었다 믿고 있기에, 아이의 그런 행동을 담담하게 볼 수가 없지요. 처음에는 '나 때문에 저 아이가 그러는 건가?', '내가 사랑을 못 줘서? 내가 뭘 잘못해서?'라면서 끊임없이 자신에게서 답을 찾으려 합니다.

그러다가 결국에는 "도대체 무슨 이유 때문에 그러는 건데!!!" 하면서 아이에게 분노를 던지기도 하지요. 아무도 엄마 때문이라고 말하지 않았는데, 엄마는 자기 때문이라며 스스로 만든 감옥에 자신을 가둡니다.

아이에게는 따뜻한 품과 한결같은 사랑이 필요한데, 엄마가 그렇게 반응하면 아이는 더 힘들어진답니다. 정말로 아이가 어떤 것이 불편해서 그럴 수도 있지요. 그 이유는 아이만이 알 겁니다. 부모가 아무리 잘해준다고 해도, 아이 마음은 아이의 것이니까요. 아무리 엄마라고 해도 아이의 모든 것을 알 수는 없습니다. 말하고 싶지 않은 부분도 있을 것이고요.

아이들은 매 순간 성장하고 있답니다. 아이들의 모든 행동에는 이유가 있고, 그것들을 통해서 아이들은 자신만의 우주를 만들어

가는 중이지요.

그런 아이들에게 필요한 건 첫째도, 둘째도 사랑 뿐입니다. 아이는 언제나 엄마를 용서합니다.

"엄마 자신을 용서하고 사랑으로 아이를 보세요."

이런 엄마라도
좋아?

　　화가 나는 이유가 엄마인 저의 문제라는 것을 안 이후로는 언제나 제 안에서 답을 찾으려고 노력을 했어요. 그래도 끓어오르는 화를 주체하지 못하고, 화를 낸 적도 있습니다.

　　아이에게는 아무 잘못이 없다는 것을 알면서도 만분의 일초로 분노가 아이를 향하는데 어찌할 도리가 없었습니다.

　　아이들에게 화를 내고 나면, 언제나 지독한 죄책감에 시달려야 했어요. 차라리 "엄마 나빠! 엄마 미워!"라고 해주면 좋겠는데 아이는 어느새 잊고 저를 사랑으로 바라보더라고요. 깊은 죄책감에 너무 힘이 들어서 "엄마를 미워해."라며 말 같지도 않은 말을 한 적도 있습니다.

　　어느 날 아이와 대화하는데 아이가 그럽니다.

　　"엄마, 예전에 우리 혼내고 나면 왜 엄마를 미워하라고 했어요?

엄마가 일부러 혼내고 그런 건 아니잖아요. 우리는 엄마를 미워하지 않아요."

"엄마가 화내고 그래도 엄마가 좋아?"

"당연히 엄마가 화낼 때는 싫지요."

"어, 그래, 그렇지."

"엄마! 엄마가 좋아요. 엄마를 사랑해요. 엄마가 우리 엄마여서 행복해요."

엄마가 화내는 것이 싫은 거지, 엄마가 싫은 건 아니라고 합니다. 우리가 아이들에게 주는 메시지랑 똑같네요.

"너의 행동에 대해서 말하는 거지. 네가 미워서 그러는 게 아니야. 엄마는 언제나 너를 사랑해."

죄책감으로 아이를 바라보면 안 된다는 것을 여러 번 경험했어요. 그런 경험들이 쌓이면서 한 번 두 번 더 나은 선택을 할 수가 있었습니다.

언젠가부터 죄책감이 고개를 들면 그런 저를 받아들이고, 놓아버리는 것이 자연스러워지고 있습니다. 죄책감으로부터 자유로워지니 육아가 훨씬 더 편안하게 흘러가고 있다는 걸 느껴요.

아이는 저에게 "엄마, 그만 미안해도 돼요."라고 자주 말을 했어요. 아이의 말속에 답이 있었습니다.

10장

고유한 나의 육아를

하고 싶다면

'선택과 집중'

빠져나오기 힘든
비교의 늪

옆집 엄마는 체력이 좋아서 하루 종일 밖에서 노는 아이들과 힘들지 않게 하루를 보냅니다. 아랫집 엄마는 엄마표 과학 놀이를 잘해주더라고요. 그리고 윗집 엄마는 엄마표 미술 놀이를 잘해줍니다.

주위를 둘러보면 다들 잘하는 것이 있고, 특기를 살려 육아도 척척 해내는 것 같아요. 그런 엄마들을 보고 있으면 특별히 잘하는 게 없는 저 자신이 초라하기 짝이 없습니다.

다른 집 아이들은 다 뛰어나 보이는데, 내 아이만 나 같은 엄마를 만나서 유능함을 펼치지 못하는 것 같은 마음도 올라오지요.

끝없이 비교하고 좌절한 끝에 깨닫게 되는 건 결국 나는 그렇게는 못 한다는 것이지요. 그런데도 왜 우리는 비교를 놓는 것이 그렇게도 힘이 들까요?

'비교'는 내가 잘하는 것을 보지 못하게 합니다. 자존감이 낮은 사람은 끊임없이 타인이 가진 것을 동경합니다. 잘하는 사람을 따라 해 보려고 하지만 자기 것이 아니기에 오래가지 못하는 경우가 다반사지요.

내가 옆집 엄마를 부러워할 때, 옆집 엄마 또한 나를 부러워하고 있다는 생각해 보셨나요?

삶과 마찬가지로 육아에도 자신감이 굉장히 중요하다고 생각을 합니다. 그 자신감은 내가 잘하는 것을 찾아서 실천해 볼 때 하나씩 채워지지요.

'나도 잘하는 게 있구나!'

굼벵이도 구르는 재주가 있다고 하지요. 하물며 우리라고 잘하는 것 하나 없을까요?

저는 아이들에게 애교가 많고, 표현을 잘합니다. 그리고 기다려주는 것을 잘해요. 그리고 요리를 잘해서 아이들이 엄마가 해주는 밥을 가장 좋아합니다. 또 정리를 잘 해서 아이들이 물건을 찾을 때 저에게 물어보는 경우가 적습니다.

이렇게 쓰다 보니 제가 잘하는 것이 정말 많네요. 제가 편안하게 할 수 있는 것들을 아이들에게 기쁘게 주었습니다. 특별히 많이 애쓰고 노력해야 하는 일이 아니었기에, 아이들이 제 뜻과 다르게 움직일 때도 마음이 불편하지 않을 수 있었어요.

거창하게 준비하고 너무 애쓰다 보면 자기 뜻과 다른 결과가 나왔을 때 마음이 많이 불편할 수 있습니다. 본전 생각 때문입니다. '내가 이걸 어떻게 해준 건데!' 하는 마음이지요.

어머님들은 아이들에게 무엇을 조건 없이 편하게 줄 수 있나요? 자신이 할 수 있는 것들을 하나, 둘 하다 보면 행복해하는 아이가 보일 거예요. 아이의 미소와 함께 육아 자신감 또한 올라가지요. 그리고 예전에는 할 수 없었던 것들을 시도해볼 용기가 생깁니다.

내가 잘하는 게 무엇인지 모르는데 어떻게 내 아이가 잘하는 게 무엇인지 알 수 있겠어요. 잘하는 게 한 개도 없다고 하던 어머님들이 막상 잘하는 것을 적어 보고 너무 많아서 깜짝 놀라는 모습을 많이 봤어요. 우리 같이 잘하는 것을 찾아보아요.

내가 잘하는 것 10가지

1

2

3

4

5

6

7

8

9

10

내 아이 자랑 10가지

1

2

3

4

5

6

7

8

9

10

희생이냐 헌신이냐
'선택의 힘'

제 육아는 아이들이 48개월이 되기 전과, 후로 나뉩니다. 48개월까지는 정말 희생하는 부분이 많았어요. 제 욕구를 많이 눌렀고, 아이들에게 대부분을 맞추었습니다.

내면 여행을 시작하면서는 그렇게 억압했던 저의 욕구가 올라오기 시작했어요. 그때 제가 한가지 깨달았던 것은 제가 그저 최선을 다했다는 것이었어요. '내 욕구가 이렇게 강했구나. 내 욕구를 채우려고 했다면, 아이들을 사랑으로 보기 힘들었을 수도 있겠다' 싶었어요.

희생의 사전적 의미는 이렇습니다.

'어떤 사물, 사람을 위해서 자기 몸을 돌보지 않고 자신의 목숨, 재산, 명예 따위를 바치거나 버림'

헌신의 사전적 의미는 이렇습니다.

'몸과 마음을 바쳐 있는 힘을 다함'

희생과 헌신의 차이는 자신을 돌보느냐, 돌보지 않느냐 하는 것에 있습니다. 희생하는 사람은 상대방에게 조건을 겁니다. "내가 나를 버리면서까지 너에게 이걸 주었어. 그러니 너도 나에게 대가를 줘." 하는 마음이지요.

헌신은 자신을 버리지 않고 사랑으로 하기에, 조건이 걸리지 않습니다. 받는 사람에게 그 어떤 대가도 바라지 않지요. 그저 기쁘게 줄 뿐입니다.

그런데 육아를 하다 보면 희생과 헌신을 구분하는 것이 참 어렵다는 것을 알게 됩니다. 그 어떤 육아서를 보아도, 전문가들의 말씀을 들어도 '육아하기 싫으면 하지 마세요'라고는 하지 않아요.

우는 아이를 안아주는 것이 고통스러울 만큼 힘들 때도 '그럼에도 불구하고 아이를 안아주세요'라고 합니다. 특히나 아이가 어릴 때는 그런 경우가 매우 많습니다. 어린아이들은 아직 감정 표현이 서툴고, 대화로써 문제를 풀어 가기엔 무리가 있으니까요.

아이가 어리다는 이유만으로도 엄마가 어느 정도 희생을 감수해야 하는 이유는 충분합니다. 희생과 헌신 사이에서 고민이 될 때 필요한 것이 바로 '선택'이라고 생각을 합니다.

저는 어릴 때 울면 혼이 났지요. 제 울음을 온전히 공감 받아 본 경험이 없습니다. 그랬기에 제 아이들이 우는 모습을 보는 것도 참 많이 힘들었어요.

그럼에도 불구하고 아이를 안아줘야 한다고 배웠기에, 저항을 이겨내고 아이들을 안아주었습니다. 그 순간이 너무 힘이 들어 아이도 울고 저도 울고, 눈물바다가 된 적도 여러 번이지요.

그때는 그냥 무식하게 배운 대로 실천한 것이었는데요. 지나고 보니, 제 스스로 '그래. 힘들지만 사랑을 선택할 거야. 그리고 엄마로서 아이들을 안아줄 거야.' 했다면 그 순간들이 훨씬 덜 힘들었을 거라는 생각이 들어요.

희생과 헌신은 전혀 다른 개념이지만, 육아에서는 한 끗 차이입니다. 엄마의 선택에 따라서 희생이 헌신으로 바뀌기도 하지요.

선택에는 책임이 따르기에 스스로 선택했다면, 결과가 자신의 뜻과 다르게 나타날지라도, 그 누구도 비난하지 않을 수가 있습니다. '내가 하는 일이 그러면 그렇지. 이럴 거 뭐 하려고 했니? 그냥 아무것도 하지 않는 게 나았을 걸'하는 것이 아니라, '될 줄 알았는데 내가 생각했던 거랑은 다르구나. 이제 알았으니 다음번에 또 할 땐 조금 더 생각해 보자. 그래도 시도한 나 자신을 칭찬해' 하면서 사랑을 선택한 자신을 다독여 줄 수가 있어요.

내면 여행을 하면서 제가 희생하는 육아를 했다는 것을 알고 너무나 크게 좌절했습니다. 하늘이 무너지는 것만 같은 기분이었어요.

저도 모르게 아이들에게 대가를 바랐고, 기대에 못 미치면 화도 났는데, 그것이 희생에서 비롯된 것이라는 걸 알았습니다.

그럼에도 불구하고 제 아이들은 사랑받는 것을 당연하게 생각하고, 엄마인 저의 감정을 돌보지도 않습니다. 자연스럽고 자유로운 아이들로 자랐어요.

희생인 줄도 모르고 그것이 당연하다 생각하고 했지만, 늘 깨어 있으려고 노력했어요. 그리고 언제나 배려 깊은 사랑 안에서 행하고자 고민했습니다. 그랬기에 그 모든 순간을 아이들은 사랑으로 받았습니다.

아이들이 6살부터는 제 욕구가 강하게 올라와서 육아가 잠시 힘들어진 적도 있어요. 1년 동안 제 욕구와 아이들의 욕구를 절충하느라 꽤 애를 먹었습니다. 그렇게 시간이 흐르니 균형을 잡을 수가 있었습니다.

엄마도 욕구가 있는 사람이라는 걸 아이들도 알게 되었습니다. 아이들에게 "싫어."라고 말하면 큰일 나는 줄 알았는데 저도 싫을 때는 싫다고 합니다.

제가 분노 없이 말하기에 아이들도 스토리 없이 엄마의 의사 표현을 받아들입니다. 희생인지, 헌신인지 굳이 구분 지으려고 하지 않아도 됩니다. 지금, 이 순간부터 겪는 모든 일이 처음 겪는 일들이니까요. 아이들이 하루하루 자라듯이, 우리도 매일 그렇게 배우면서 성장하고 있답니다.

　매 순간순간 사랑을 선택하다 보면 어느새 헌신에 가까워지고 있는 자신을 만날 수 있을 거예요. 그 선택의 힘이 그 누구도 아닌, 어머님 자신에게 있는 것을 믿으며 가세요.

육아를 편안하게 도와주는
받아들임과 놓아버림

저녁 밥상으로, 아이들이 좋아하는 갈치조림을 하려고 했습니다. 아이들이 학교에 가 있는 동안 마트에 가서 장을 봐왔지요.

저희 아이들은 하교 후에 대부분 집에서 시간을 보내기에 아이들 놀 때, 저는 글도 쓰고 쉬었다가 5시가 되면 저녁 준비를 하려고 계획했습니다. 그런데 갑자기 아이들이 놀이터에 나가서 놀자고 합니다. "아차차!" 계획이 틀어집니다. 그래도 집돌이들이 밖에 나가자고 하는 것은 엄마에게 기쁨이기에 놀이터로 향했습니다.

5시 30분이 되자 아이들이 배가 고프다고 아우성입니다. 요리할 시간은 없어 보이고, 저녁밥으로 대체할 만한 음식을 포장해사 와서 먹었습니다. 저녁밥을 이른 시각에 먹어서인지 아이들은 8시가 되자 또 배가 고프다 했고, 간단한 간식을 주었어요.

예전 같으면 이런 상황에서 물 흐르듯이 흘러가도록 두는 것이 힘들었습니다. 제 안에 수많은 통제와 저항들이 뒤섞여 있었거든요. 예전의 저는 5시 30분에 집에 돌아와서 어떻게 해서라도 갈치조림을 만들려고 했습니다. 계획대로 하고 싶은 마음 때문에, 자신을 참 많이 피곤하게 하면서 살았습니다.

매일 같이 먹는 집밥, 하루 안 먹는다고 큰일 나는 것도 아닌데 말이에요. 그런 상황에서 더 이상 저 자신을 채근하지 않습니다. 상황을 바로 보고 그 안에서 할 수 있는 최선의 선택을 하려고 합니다. 예상과 다른 상황이 펼쳐졌음을 있는 그대로 받아들이고, 제 안에서 올라오는 통제를 놓아버립니다.

그럼에도 불구하고 그런 상황이 반복되고 신경이 쓰인다면 아이들이 오기 전에 요리를 해놓기도 합니다. 이미 상황은 틀어졌는데 받아들이지 못하고 '해야만 한다'에 묶여서 자신을 채근하지 않으니 삶이 참 편안합니다. '받아들임'과 '놓아버림'은 육아와 삶을 편안하게 도와줍니다.

"신이시여! 제가 바꿀 수 없는 것을 그대로 받아들이는 평온함을, 바꿀 수 있는 것을 바꾸는 용기를, 그리고 이 둘의 차이를 분별할 수 있는 지혜를 허락하소서!"

-라인홀트 니버의 기도문

발육아의 시작은
아이의 '요청'

누구나 엄마로서 아이들에게 많은 것을 주고 싶어 할 거예요. 그런데 그것이 과연 '아이가 원하는 것'인가에 대해서는 고민이 필요합니다.

아이의 '요청'에 얼마나 귀를 기울이고 있으세요? 저도 끊임없이 아이들에게 무언가를 해줘야 한다는 생각에, 저 자신을 많이 채근했던 엄마입니다.

그런데 제 안에는 그럴 만한 에너지가 많지 않았어요. 제가 그런 쪽으로 소질이 없다는 것을 인정하기 전까지는 종일 '해야 하는데' 생각만 하다가 하루가 지났고, 밤에 누워서는 '오늘도 한 개도 못 해줬네' 후회로 마무리되곤 했습니다. 큰 맘 먹고 과학 실험도 하고, 만들기도 한 적이 있지만 손에 꼽을 정도이지요.

무언가를 해야만 한다는 생각이 우리를 힘들게 합니다. 아이는 이미 스스로 많은 것을 만들어 가고 있는데, 엄마는 아무것도 해주지 못했다는 자책에 갇혀서, 그런 아이를 보지 못하지요. 아이의 요청 또한, 귀에 들어올 리가 없습니다.

발육아가 무엇이라고 생각하시나요? 저는 발육아를 '아이와 함께 하는 시간이 힘들지 않은 상태'라고 생각을 합니다.

육아는 아이가 클 때까지 계속해야 합니다. 안 할 수는 없지요. 저도 몰랐을 때는 발육아 할 때가 되면 아이들이 절로 크는 거라 착각을 했습니다. 그런데 아니더라고요. 어느 날 문득 '아이들과 함께 하는 시간이 힘들지가 않네' 하는 저를 보았어요. 아이들이 울어도 아이를 차분하게 기다려 줄 수가 있었고, 아이의 요청에도 지체 없이 바로 달려갈 수가 있었어요. 일하는데 "엄마. 안아주세요." 하면 하던 일을 멈추고 바로 아이를 안아줄 수가 있었어요.

아이들과 함께 하는 시간에 저항과 회피가 정말, 많이 사라졌다는 걸 느꼈습니다. 할 일도 없는데 아이가 안아 달라고 하면, 피하고 싶을 때가 있었지요. 할 일도 없는데 아이의 요청에 움직이는 몸은 천근만근이었고요. 아이의 의사와 상관없이 제가 해주고 싶은 것들에 걸려서 '해야 하는데' 했던 마음을 놓아버리니 아이가 해달라 하는 것이 보였고, 들렸습니다.

저를 옭아매던 그 생각을 놓아버리고 아이의 눈빛을 따라가니, 육아가 편해지고 아이와 함께 하는 시간이 힘들지 않았습니다. 실천도 하지 못할 계획을 수도 없이 세우기만 하던 날들을 뒤로하고, 물 흐르듯이 펼쳐지는 대로 따라갈 수가 있었습니다.

제 스승님께서 쓰신 『푸름 아빠 거울 육아』 책에 이런 구절이 있습니다.

"아이를 잘 키우는 부모는 아이를 통제하는 부모가 아니라 반걸음 뒤에서 따라가며 반응하는 부모다."

이 말씀의 의미를 가슴으로 깨달아 갑니다.

아이들이 어릴 때는 엄마가 함께 놀아주고, 대화하고, 교감하는 시간이 반드시 필요합니다. 아이가 충분하다고 느낄 만큼 채워지면, 아이들은 비로소 자기 세상으로 나아가기 시작하지요.

엄마가 만들어 놓은 세상으로 아이를 데려올 것이 아니라, 아이가 자신의 세상 안에서 주인공으로 마음껏 뛰어놀 수 있도록 배려해 주면 좋겠습니다.

'해야 하는데' 하는 마음을 내려놓고, 아이의 요청에 귀를 기울여 보세요. 엄마가 아이의 요청에 귀를 기울이고 반응해 주면 아이는 신이 납니다. 하루 종일 아이의 요청만 들어주는데도 시간이 부족하지요. '오늘도 한 개도 못 해줬어'라며 자책하는 일도 사라지고, '오늘도 아이의 요청을 잘 들어주었구나. 수고했어' 하는 뿌듯함만이 남습니다.

11장

지나고 나니
보이는 것들

아이가
나를 안아주고 있었네

아이들이 다섯 살이던 어느 날 밤이었어요. 아이들은 제가 엉덩이를 토닥여 주어야 잠이 들었는데 그날은 제가 너무 피곤해서 손가락 하나 까닥할 수가 없었습니다. 아이들에게 말을 물었지요.

"오늘 엄마가 너무 힘이 들어서 그러는데 토닥이지 않고 자면 안 될까?"

"엄마, 왜요? 오늘 공부가 힘들었어요?"

"아니, 공부는 재미있고 좋았는데, 엄마 가슴에 상처 때문에 많이 아파서 그래."

"아, 엄마, 알겠어요. 그런데 안아주는 건 해야 해요."

"응, 알았어요."

아이들과 대화를 나누다가 편안하게 잠이 들었어요. 그리고 다음 날이 되었지요.

그런데 아이가 다른 날과 다르게 유난히도 많이 안아 달라고 하는 거예요. 그런데 엄마인 제가 느끼기에 그날 아이의 그 요청이 다른 날과는 뭔가 달랐습니다. 아이가 졸리고, 기분이 나쁘고, 배가 고프고, 아니면 엄마가 정말 좋아서 사랑을 표현하고 싶어서 그러는 게 아닌 것 같았어요.

아이가 안아 달라고 하니 열심히 안아주고, 그날따라 무릎에 앉아서 밥을 먹겠다고 해서, 그렇게 하면서 하루를 보냈어요. 그리고 밤에 자려고 누웠는데, 갑자기 저도 모르게 눈물이 흘렀습니다. 그러면서 이런 생각이 들었어요.

'아이가 나를 안아주고 있었구나'

엄마의 상처받은 내면 아이를, 내 아이가 사랑으로 보듬어 주고 있었다는 것을 깨달았습니다.

지난 기억이 떠올랐어요. 언젠가 아이가 네 살 때 갑자기 안 하던 행동을 했고, 그런 아이에게 소리를 지르면서 제 안의 분노가 용암처럼 폭발했던 날이 있습니다. 그때 저는 제 아이에게서 못나고 주눅이 든 제 모습을 보았고, 그것이 너무 싫었습니다. 스스로 자각하면서 가슴이 찢어질 듯 아팠지요.

아이에게 마구 소리를 질렀어요.

"네가 싫어! 저리 가!"

그런데도 아이는 끝도 없이 안아 달라고 울면서 매달렸어요. 그런 아이를 안아주는 것이 죽을 만큼 힘들었습니다.

아이는 끝까지 포기하지 않았고, 결국 아이를 안고서 서러움에 얼마나 펑펑 울었는지 모릅니다. 아이를 안아주는 것이 죽을 만큼 힘들었던 그 날 아이의 안아 달라는 그 요청이, 사실은 아이가 저를 안아주는 것이었다는 걸 깨달았다면, 얼마나 좋았을까 하는 생각이 들었어요.

아이는 그때 저에게 이렇게 말하고 있었습니다.

"엄마, 내 손을 잡아요. 내가 안아 줄게요."

그때 그걸 알았다면 아이를 그렇게 아프게 내치지 않았을 텐데 하는 생각에 가슴이 미어졌습니다. 이 부분을 깨닫고 난 후로는, 괴로운 순간에도 아이를 안아주는 것이 정말 많이 수월해졌어요. 사랑이 고팠던 저의 내면 아이를 위로하고, 엄마로서 아이를 안아줄 수가 있었습니다.

아플 때는
쉬어 가세요

육아를 열심히 했어요. 육아가 제 삶의 전부인 것처럼 살았던 기간이 있습니다.

아이들은 16개월 즈음에 책의 바다에 빠졌고, 하루 종일 놀이하고, 책 보고를 반복했습니다. CD플레이어엔 늘 영어 노래가 흘러나왔고, 벽에는 영어와 한글 벽보를 비롯한 수많은 학습 자료들이 붙어 있었지요. 그맘때의 저는 아이들이 아프거나, 제가 아프면 절망했습니다.

아이들의 하루는 일 년이라고 하는데, 아파서 아무것도 못 하는 그 시간이 그저 너무 아까웠어요. 제가 아픈 것도 너무 싫었습니다. 왜 하필 이 중요한 시점에 아프고 난리야 제 몸을 타박했지요. 얼른 기운 차려야 한다는 생각이 강했습니다. 아이들이 아파서 책 보는 시간이 줄어들면, 그게 그렇게 신경이 쓰이더라고요.

아이고, 이 엄마야!

그때 누군가가 저에게 해준 말이 정말 큰 위안이 되었습니다.

"아플 때는 쉬어 가세요. 앞으로도 시간은 많습니다."

오직 '육아'만 보면서 경주마처럼 달리던 그때. 1년 365일 중에 아픈 날이 며칠이나 된다고, 그 시간마저도 저를 채찍질할 뻔했어요. 24시간을 아이들과 붙어서 모든 것을 함께 하며 열정적으로 육아하는데, 그 며칠 아파서 좀 쉬엄쉬엄 한다고 큰일 나는 게 아니었어요.

아이가 아플 때는 아픈 아이를 포근하게 안아주고, 쉬게 하세요. 아플 때는 회복하는 것에 집중하며, 차분하게 그 시간을 보내세요. 엄마도 아프면 살살, 대충, 쉬엄쉬엄 하세요. 죽도 포장해다 드시고, 삼계탕도 포장해다 드세요. 영양가 있는 음식 많이 드시고 기력을 회복하세요.

아이들이 어릴 때는 엄마가 쉬는 것도 쉬는 것이 아니지요. 아이들은 와서 덮치고 구르고 엄마를 가만 안 두지요. 그래도 바닥에 등을 대고 누워 있을 때만큼은, '나는 쉰다'라고 생각을 해보세요. 다음 일은 안드로메다로 보내 버리시고요.

'쉬었다가 일어나서 OO 해야지. OO 해야지'

이 생각만 하지 않아도 쉼의 질이 확 올라가더라고요. 1분이 되었든, 10분이 되었든 그 시간만큼은, 온전히 자신에게 쉼을 허락하세요. 아플 때는 아이도 엄마도 쉬어 가세요.

아이에게 해주지 못한 것이
마음에 걸려서…

아이들이 어릴 때, 자연을 접할 기회를 더 많이 주지 못한 게 늘 마음에 걸렸어요. 좋다는 것을 알면서도 어린아이 둘 데리고 자연 속에서 뒹굴 자신은 없었습니다. 책과 자연이 아이들에게 그렇게 좋다는 걸 알면서도 도저히 해줄 수가 없어서 그냥 포기했어요. 해주지 못한 것이 마음에 걸려서, 엄마인 저는 그렇게 아쉬움과 자책에 또 자신을 탓하고 있었습니다.

그런데 지금 제 아이들이 자연을 정말 사랑합니다. 네 살 때부터 자연관찰 책을 보기 시작하더니 어느 순간, 곤충에 몰입하기 시작하더라고요. 그렇게 시작된 자연 사랑이 지금까지도 이어지고 있습니다. 수많은 곤충과 동물들을 키웠고, 알과 벌레들이 성체로 자라는 모습을 관찰했습니다.

스티로폼 박스로 부화기를 만들어서 병아리가 탄생하는 모습도 함께 지켜보았습니다. 굉장히 조심성이 많은 아이들인데, 곤충과 동물 앞에서는 다른 사람이 됩니다. 엄마는 징그러워서 만지지도 못하는 애벌레와 번데기들을 아무렇지 않게 만지더라고요.

언젠가 달리는 차 안에서 창밖을 보던 아이가 무엇인가에 홀리듯 작은 목소리로 말했어요.

"엄마, 자연은 아름다워요!"

아이의 그 말이 얼마나 감사하던지 눈물이 핑 돌았습니다.

'아이에게 좋다는 걸 알면서도 줄 수가 없어서, 그저 내가 줄 수 있는 것을 주었는데, 아이는 그것을 사랑으로 가져가서, 자신이 좋아하는 것을 스스로 찾아가는구나!'

저는 "이거 하자." 하는 엄마는 아니었고, "안돼."라는 말을 아끼는 엄마였습니다.

제가 줄 수 있는 것을 기쁘게 사랑으로 주었습니다. 그랬더니 아이들은 그 사랑으로 자라서 자신이 좋아하는 것을 찾아가고, 마음껏 탐험하네요.

못 준 게, 줄 수 없는 게 많아서 후회되시나요? 후회할 시간이 없습니다. 우리가 할 수 있는 것을 하고, 줄 수 있는 것을 주기로 해요. 엄마가 기쁘게 준다면 아이도 기쁘게 받습니다.

아이 앞에서 울면
큰일 나는 줄 알았는데

아이들 앞에서는 늘 웃고 밝은 모습만 보여야 하는 줄 알았어요. 힘이 들어도 긍정, 긍정, 긍정! 그러면서 육아했어요. 힘들어 죽어도 웃자, 웃자, 웃자!

분노가 올라와도 꾹꾹 참자, 꼭꼭 누르자, 아이들이 48개월 될 때까지 그랬습니다. '우는 건 나쁜 거야. 아이들이 엄마가 우는 모습을 보면 얼마나 슬프겠어? 자기 때문인 줄 알면 어떡해. 나의 내적 불행을 그대로 물려줄 순 없잖아'

엄마가 우는 모습을 보는 것만으로도 아이에게 내적 불행이 생길까 봐 두려웠습니다. 울지도 못하고, 좋은 모습만 보이기 위해서, 차곡차곡 쌓아 두었던 분노가 감당 못 할 만큼 커지면, 그 분노는 고스란히 사랑하는 내 아이들을 향했습니다.

이런 꼴 안 보이고 싶어서 그렇게 밝게 육아하려고 애썼는데,

분노가 터진 날이면 그동안의 노력은 한순간에 물거품이 되어버리곤 했지요. 그런 날은 죄책감에 가슴을 치며 '다시는 이런 꼴 보이지 말자'면서, 손목이라도 잘라버리면 속이 시원하겠다 자신을 벌했어요.

너무 힘이 들었어요. 힘들어도 안 힘든 척, 힘들다는 그 말 한마디를 못 해서 씩씩한 척해야 해서요. 너무너무 힘들다고 주저앉아 엉엉 울고 싶은데 참아야 해서요.

그랬던 제가 아이들이 48개월 되던 무렵, 내면 성장을 시작하면서 울기 시작했습니다. 아이들에게는 수차례 엄마의 상처와 치유에 대해서 말을 했기에, 아이들은 자신의 탓으로 가져가지 않았어요.

슬픔, 분노, 죄책감, 수치심… 엄마가 그동안 표현하지 못하고 살았던, 그 수많은 감정을 마주하며, 치유하고 있음을 자연스럽게 깨달았어요. 제가 울고 있을 때 아이들은 저를 걱정스럽게 바라보는 것이 아니라, 기쁘게 바라보았어요.

"우리 엄마 잘한다!"

이렇게 응원해주는 것 같았어요.

그러던 어느 날 아이가 말했어요.

"엄마, 눈물은 다이아몬드 같아요. 눈물은 아름다워요."라고요.

그 어린아이가 그런 말을 하는데 정말 감동적면서도, 얼마나 허망했는지 모릅니다. 우는 모습 보이지 않기 위해서 피똥 싸며 육아했던 지난 시간이 참 바보 같았어요. 왜 진작 알지 못했나, 억울하기도 했고요.

엄마는 아이 앞에서 눈물을 보여도 되는 거였어요. 엄마도 속상한 일이 있으면, 아이 앞에서 펑펑 울어도 되는 거였어요. 엄마 안에 상처받은 내면 아이가 있다는 것을, 그래서 엄마가 아이처럼 운다는 것을 내 아이가 보아도 괜찮은 거였어요. 그러면서 엄마가 비로소 '엄마'가 되어간다는 것을 아이들과 함께 배웠어요.

엄마는 왜 지금 와서 그런 걸 배우느냐고 타박하지 않았어요. 그런 엄마를 기쁘게 응원하고 바라봐 주었어요. 제가 펑펑 울어보니, 펑펑 우는 아이를 보는 것이 덜 힘들었어요. 제가 분노해 보니, 화를 안전하게 표출하는 아이를 보는 것이 덜 힘들었어요. 제가 질투를 해보니, 질투하는 아이가 이상해 보이지 않았어요.

어머님들께서 자신의 감정을 존중하시면서, 건강하고 안전하게 표출할 수 있는 방법을 찾으셨으면 좋겠습니다. 어머님 안의 분노를 가족한테 마구 표출해도 된다는 의미가 절대 아닙니다. 아이가 어려서 엄마의 상황을 이해하지 못한다면, 아이를 존중해 주는 것이 맞습니다. 나의 치유와 성장이 아무리 중요하다고 한들, 사랑하는 내 가족보다 소중할 리 없습니다.

아직 치유의 길에 들어서지 않은 남편에게도 "나 지금 치유하는 중이야. 당신이 이해해야 해." 하는 것도 남편에 대한 배려가 없는 행동이지요. "나나 잘하자." 하는 마음으로, 나와 다른 타인의 현재를 존중해 주는 것이, 내면 성장에도 좋습니다. 중심을 잘 잡으시기 바랍니다.

저는 아이들을 행복한 아이로 키우기 위해서 육아를 열심히 했고, 내면 성장 또한 같은 이유로 시작을 했습니다. 그랬기에, 1순위는 늘 '아이들'이었어요.

물론 못 지키고 아이들에게 폭발한 적도 있지만, 최대한 그러지 않으려 노력했습니다. 그리고 아이들이 차분한 시간을 틈타서 자주 말해주었습니다.

"아가야. 엄마는 울고 싶을 때 울지 못해서 가슴에 상처가 있어. 그 상처 때문에 아가한테 화내고 소리 지르게 돼서 미안해. 엄마의 상처를 치유하려면 많이 울어야 한대. 이 눈물은 고마운 눈물이야. 엄마의 상처를 치유해 줄 거야. 아가가 잘못해서 엄마가 우는 게 아니야. 네 잘못이 아니란다. 엄마 상처 치유하고 우리 아가랑 행복하게 살고 싶어."

두세 번 말해주었더니 아이들이 그러더라고요.

"엄마, 다 알아요. 이제 말 안 해도 돼요."라고요.

아이들을 위해서 시작했지만, 엄마인 저를 위한 것이었네요. 제가 치유하면서 감정을 표현하는 것이 자연스러워지고, 제 안에 분노도 많이 빠지다 보니 자연스레 남편과의 사이도 더 좋아졌습니다. 진실한 소통이 없었기에 서로의 마음을 지레짐작해야 할 때가 많았는데, 지금은 스스럼없이 속마음을 터놓고 대화를 합니다.

혹여 싸워도 그 자리에서 대화로 풀고 웃음으로 마무리가 되곤 해요. 부부 사이가 평온하니 아이들은 안정되고 행복합니다.

엄마의 상처를 치유하는 것은 아이와 엄마를 살리고 한 가정을 살리네요. 우리는 엄마이니까요. 아프더라도 용기 내서 가보기로 해요.

"당신의 눈물이, 모두를 살립니다"

육아가
희망인 이유

저는 학교가 두려웠던 사람입니다. 1학년 때의 기억은 아예 없을 정도로 학교생활이 힘들었습니다. 8살의 저는 너무 불행했고, 아팠어요. 집에 마음 붙일 곳 없던 8살의 저는, 학교에서도 마찬가지였습니다. 선생님과 친구들 속에서 이방인처럼 혼자 고립되는 것을 스스로 선택했던 것 같아요. 어디 한 곳 따뜻한 곳이 없었습니다. 어디 한 곳 든든한 곳이 없었고요. 8살의 제가 참 많이도 외로웠습니다.

제 아이들이 학교에 간다고 생각하는 것만으로 저는, 극심한 두려움을 느꼈어요. 아이들이 8살이 되는 것이 너무도 싫었습니다. 엄마의 두려움을 느낀 아이는 학교 이야기만 나오면 거부를 했어요. 학교가 두려운 엄마가 그 두려움을 극복해 보고자, 아이에게 학교 이야기를 미리 했던 것이지요.

아이들이 학교에 안 간다고 하면 어떡하나 겁이 났습니다. 내면여행을 하면서 사실은 제가 아이들을 학교에 보내고 싶지 않았다는 것을 알았습니다. 학교는 차가운 곳이고, 무서운 곳이고, 외로운 곳이었으니까요. 제 아이들을 그런 곳에 보내고 싶지가 않았던 것이지요.

아이들을 유치원에 보내고, 대면하면서 제 아이들은 저와 다르다는 것을 알았고, 두려움이 사라졌습니다. 8살의 지친 저에게 제 엄마는 따듯한 품을 내어주지 못했지만, 저는 집에 돌아온 아이들에게 따듯한 품을 내어주고 함께 이야기를 나누었어요.

"엄마, 나 오늘 너무 낯설고 힘들었어."라고 말하고, 엄마에게 위로받고 싶었는데 엄마는 제 곁에 없었습니다.

그러나 저는 엄마가 보고 싶어서 울었다는 제 아이를 안아주었고, 하루가 다르게 유치원의 재미를 알아가는 아이를 기쁜 마음으로 지켜봐 주었어요. 초등학교 예비 소집일에 학교 가는 길이 얼마나 설레고 떨렸는지 모릅니다. '아이들 반응이 어떨까' 많이 궁금하기도 했고요.

교실을 둘러본 아이들이 말합니다.

"엄마, 왠지 엄청 재미있을 것 같은데요."

아이의 그 말이 어찌나 반갑고 기뻤는지 모릅니다. 하마터면 제 안의 두려움에 아이들을 가둘 뻔했습니다. 이래서 내면 성장을 멈출 수가 없습니다.

제가 아팠던 부분을 제 아이들에게 대물림하지 않고, 저 스스로 끊어낼 수 있어서 행복합니다. 우리는 자신의 선택으로 내가 받지 못했던 것을, 내 아이에게 줄 수가 있어요.

저 스스로 발견하고 선택한 사랑을 내 아이에게 주면서, 제 안의 상처도 자연스럽게 치유되고 있었다는 것을 알 것 같아요. 그래서 저는 육아를 하면서 '희망'을 참 많이 보았습니다. 저의 어린 날이 아무리 불행했다고 한들, 지금의 저는 잘살고 있습니다. 지금 이렇게 행복하니 되었습니다.

제가 42년 동안 살면서 가장 잘했다고 생각하는 일이 바로 '육아'입니다. 아이들을 사랑으로 키우고 싶어 노력했던 그 시간이, 그 무엇보다 값지고 소중합니다. 사랑 안에서 빛나는 아이들을 보면서 저 또한 그런 존재임을 알았습니다.

제가 사랑받는 존재라는 것을 깨달은 그 날부터 제 삶이 변하기 시작했습니다. 재미있는 것이 한 개도 없던 삶이었는데 무엇을 해도 재미있습니다. 아름다운 제 아이들을 보면서 '나도 저렇게 아름다웠구나' 합니다.

아주 어릴 때부터 제가 세상에 태어난 이유가 궁금했습니다. 이렇게 살 걸 뭣 하러 태어났지 하면서, 제 존재 이유를 찾고 싶었습니다.

제가 사랑임을 깨달은 지금, 더 이상 그 이유를 찾지 않습니다. 저는 그저 존재하기 때문입니다. 사랑인 제 아이들이 저에게 그렇게 말하고 있습니다.

"엄마, 우리는 그저 사랑으로 존재하고 있어요."라고요.

희망의 의미를 알고 있나요? 희망은 '잘 될 수 있는 가능성'입니다. 육아서 한 권 읽고, 강연 한번 듣는다고 해서 하루아침에 삶이 드라마틱하게 변하지는 않을 것입니다. 그러나, 당신 안에 충분히 잘 될 수 있는 가능성이 있다는 사실을 기억했으면 합니다.

떠오르는 해를 보면서 저 빛나는 해를 잡고 싶다는 생각을 한 적이 있습니다. 그 빛나는 태양이 제 안에 있었다는 것을 깨달았던 날, 얼마나 많은 눈물을 흘렸는지 모릅니다.

아이들을 위해서 사랑을 배우다가 엄마인 제가 사랑임을 알아버린 '육아'. 제 삶에 희망을 선물해준 육아가 참 고맙습니다.

나도 내 아이처럼
예뻤겠구나

저는 어릴 때부터 저의 존재에 대해서 무척 궁금했습니다. '나는 왜 태어났으며, 어떤 삶을 살아가게 될까? 내 삶은 왜 이토록 평탄하지 못한 것일까?'

그 어떤 판단도 없이, 온전하게 사랑으로 비춤 받아본 경험이 없었기에, 제 자신을 믿는 것 또한 힘이 들었지요. 잘하는 것도 잘한다고 인정받지 못했기에, 끊임없이 무언가를 잘하기 위해서 채찍질하면서 긴 세월을 살았습니다.

"더 해야 해!" 자신을 채근하면서 쉼을 허락할 수가 없었습니다. 그렇게 살았던 삶이 얼마나 고단했는지 모릅니다. 사랑받기 위해서 하던 모든 것들을 놓아버렸을 때는 깊은 허탈감에 많이 울었고, 오랜 시간 무력함을 느꼈습니다. 그저 존재 자체만으로 사랑받아 본 경험이 없는 사람은, 무언가를 해야만 사랑받을 수 있다고 믿습니다. 어른이 된 후에도, 제 안에는 여전히 사랑을 갈구하는 내면 아이가 있었지요.

어린아이에게 사랑은 목숨과도 같습니다. 사랑이 있어야 살아갈 힘을 얻지요. 그러기에 아이는 사랑받고 싶어 합니다. 제 아이들을 키울 때 징징거리는 것을 받아주는 것이 매우 힘들었습니다. 어릴 때 제가 징징거려 보지 못했기에 그런 것이라고 하는데, 저희 어머니께서는 제가 많이 징징거리는 아이였다고 했지요.

어느 날, 그것에 대한 해답을 찾을 수가 있었습니다. 저는 징징거리는 아이였지만, 그 징징거림이 한 번도 받아들여져 본 적이 없었던 것입니다. 욕구를 수용 받아 보지 못했기에, 그 감정이 그대로 제 안에 남아, 제 아이들이 징징거릴 때마다 저의 내면을 건드렸던 것이지요.

저는 솔직히 지금도 징징거리는 것을 잘 못 합니다. 그래도 내면 여행을 하면서는 억압된 감정을 많이 풀어내다 보니, 아이들의 징징거림을 받아주는 것이, 정말 많이 수월해졌어요.

인간이 느끼는 모든 감정은 소중하다고 합니다. 그 감정들을 안전하게 표출하지 못했을 때, 문제가 생기는 것이지 안전하게 표출할 수 있다면, 자연스러운 사람으로 살아갈 수 있습니다. 싫어도 좋은 척, 아파도 안 아픈 척, 자랑하고 싶어도 침착한 척하고 살면서, 제 감정은 뒷전이었던 적이 많습니다.

저는 사람들 눈을 많이 의식하는, 자연스럽지 못한 사람이었기에, 자신을 가감 없이 자연스럽게 표현하는 아이들을 볼 때면 마음이 편하지가 않았어요. '밖에서도 저러면 사람들이 이상하게 볼지도 모르는데' 하면서 걱정이 앞섰지요.

아이가 아이다운 것이 무슨 문제가 되나요? 아이답지 못한 아이가 마음이 아픈 것이지요. 아이는 아이다울 때 행복하고, 자기 삶의 주인으로 자유롭게 살아갈 수가 있습니다.

한동안은 아프고, 슬프고, 괴로웠던 기억들만 떠올랐습니다. 그리고 그것들이 제 삶의 전부였다고 믿었어요. 무엇 때문에 그토록 불안한 마음을 안고 평생을 살았는지 알 수가 있었습니다. 밝고 유쾌하다는 말을 많이 듣지만, 그것은 왠지 가짜인 것 같았어요. '너희들이 내 안에 어둠을 몰라서 그래' 했지요.

그런데 제 안의 어두운 기억을 대면하고 나니, 남는 것은 사랑뿐이더라고요. 이제야 제가 밝고 유쾌한 사람이라는 것이 진실임을 알게 되었습니다.

고통을 대면하지 않았다면 알 수 없었겠지요. 고통을 대면하는 순간들이 매우 아팠지만 진짜 제 모습을 찾은 기쁨에 비하면 얼마든지 감내할 수 있습니다.

아이들이 아이다운 모습을 볼 때, 그 무엇에도 거리끼지 않고 자신을 자연스럽게 표현할 때, 아이들이 잘 컸다는 생각이 들어

기뻤습니다. 그리고 마음 한편에서 올라오던 불안들이 점점 사라져 갔습니다. 그런 아이들을 보면서 '나도 저렇게 예뻤겠구나. 나도 저렇게 아이다운 때가 있었지.'라는 생각을 합니다.

어릴 때부터 참 외롭고 쓸쓸했던 사람이라, 형제들과 함께 웃으면서 거리를 걸으면서도, 영혼 한구석은 허공을 떠돌 때가 많았습니다. 그런 기억이 떠오를 때면, 저도 모르게 눈물이 고이고 가슴이 아팠지요. 그러나 그 순간들 속에서도 저는 소중한 제 삶을 포기하지 않았음을 깨닫습니다.

"나는 세상에 왜 왔을까?"를 증명해야 했습니다. 그러나 이제는 존재 자체로 고귀하다는 것을 알기에 그 무엇도 증명할 필요가 없습니다.

로봇처럼 자연스럽지 못하고, 긴장감이 높은 사람이었는데, 몸의 곳곳을 조이고 있던 나사들이 하나둘씩 빠지고 있습니다. 아이들이 어릴 때는 아이들을 지키기 위해서 안간힘을 썼습니다. 아이들이 자랄수록 엄마로서 그저 온전하게 존재하고, 바라보는 것이 필요하다는 것을 알아갑니다.

온전한 제가 되어 바라보는 제 아이들이 참 아름답습니다.

계속 사랑 달라고 하는
아이의 말이 그런 뜻이었구나

바닥까지 싹싹 긁어서, 모으고 짜내서 주는데도 더 달래요. 환장하겠어요. 참말로.

"많이 줬잖아."

"엄마는 엄청 많이 준거야."

"왜 계속 달래."

"그렇게 받아도 부족해? 엄마 어릴 때는 말이야…."

이 말이 목구멍까지 올라왔다 들어가지요. 정말 돌아버리겠다. 어떻게 더 짜내라는 걸까요? 어디서 더 끌어모아야 하는 걸까요? 막막하고, 막막했어요. 끝이 없는 이 길에서 언젠가는 내 사랑이 바닥이 날 것만 같아서요.

'저 아이들의 채워지지 않는 그 사랑의 샘을, 내가 어떻게 채워주어야 하는 걸까'

끊임없이 사랑 달라고 하는 아이들이, 사랑이 부족해서 그런다고 생각했어요.

'내가 얼마나 많이 노력했는데! 사랑 많이 받아서 좋다며! 행복하다며! 그런데 왜 그러는 건데!'

'내가 부족해. 더 해야 해' 이 생각에 힘들었어요.

이제는 알 것 같아요. "사랑받아본 아이가 더 받으려고 한다"는 그 말씀의 깊은 뜻을요. 아이는 부족해서 그런 게 아니었어요.

"사랑!" 그거 정말 좋잖아요. 말이 필요 없을 정도로 좋은 거잖아요. 좋아서 그래요. '사랑'이 무엇인지 알아버린 아이는 그 '사랑'이 좋아서 그러는 거예요.

"엄마! 사랑이 부족해요. 더 주세요!" 하는 게 아니었어요.

"엄마! 사랑 정말 좋아요. 받아도 받아도 좋은 이 사랑 더 주세요!" 하는 거예요.

부족한 걸 채워 주기 위해서 더 줘야 한다고 생각할 때는 쥐어 짜내야 할 것 같아 힘들었어요. 그런데, 아이가 행복해서 더 달라고 한다고 생각하니, 쥐어 짜내야 한다던 스토리가 사라져요. 기쁘게 사랑을 줄 수 있겠어요.

아이들은 알아요. 엄마가 노력하고 있다는 것을요. 그리고 그것으로 충분하다는 것도요. '사랑'은 마음에서 마음으로 그저 흐르는 거예요.

오늘도 그렇게 우리 안에 사랑이 흐르고 있습니다. 제가 아이들에게 준 사랑을 볼 수 있는 지금에 감사합니다.

아는 만큼 넓어지는 선택의 폭
'배우길 참 잘했다'

사랑으로 키우고 싶은데 방법을 몰라서 열심히 배웠습니다. 아기가 울면 3초 안에 달려가야 한다고 하셔서 최대한 그렇게 했습니다.

어린 아기에게는 양육자의 민감하고 적절한 반응이 사랑이지요. 아기는 그것을 통해 안전한 세상에서 자신이 보호받고 사랑받고 있다 느낍니다. 아기들이 목을 가누지 못하던 시기에는 저 혼자 있는 상황이 두려웠습니다. 동시에 안아줄 수가 없었으니까요.

그래서 아이들이 목을 가누던 날, 혼자서 두 아기를 안고 업고 하면서 참 많이 기뻐했던 기억이 납니다.

아기들의 울음은 의사 표현이라고 하길래, 아기들이 울면 대화를 하면서 반응해 주었습니다. 우는 아기를 안고 울음을 그칠 때까지 안아주며, '넌 혼자가 아니야. 엄마가 함께 하고 있어.'라는 메시지를 주었어요. 아기가 한 곳을 응시할 때는 최대한 조용히 하면서 그 시간을 지켜주려고 노력했습니다.

이전에는 알지 못했는데 배워서 알게 되고, 아이들에게 줄 수 있는 것들이 많음을 깨달았습니다. 그래서 항상 배우려고 하고, 실천하기 위해서 노력했어요. 몰랐다면, 하루 종일 놀다가 잠잘 때 돼서 책을 가져오는 아이 마음을 오해했을 겁니다. "너 잠자기 싫어서 그러는 거지?" 하면서 책을 읽고 싶은 아이의 욕구를 존중해 주지 못했겠지요.

같은 책을 수없이 반복하면서 책과 친해지고 있는 아이의 마음도 모르고, 다양한 책을 읽어주고 싶은 마음에 다른 책을 가져오라며 아이를 조종했을지도 모를 일입니다.

심하게 낯가리는 아이가 건강한 수치심이 발달하는 시기를 겪고 있다는 것도 모르고, 아이를 일부러 사람 많은 곳에 데리고 나가 적응시키려고 했겠지요. 알았기에 아이들의 소중한 시간을 지켜줄 수 있어서 참 다행이고 감사합니다. 물론 배운 것들을 다 실천했다고는 못 하지요. 그저 최선을 다해서 배운 대로 실천하려고 노력했을 뿐입니다.

저는 제가 가진 육아관이 확고했기에, 배려 깊은 사랑 안에서 최선의 선택이 무엇일까 늘 고민을 했습니다. 지금, 이 순간 이후부터 경험은, 저도 처음이지요. 저는 오늘도 배우는 중입니다.

엄마가 지금은 이게
최선이야

아이들 말에 집중하고 대답도 잘해주는 편이지만 그러지 못하는 상황도 있어요. 작년에는 저에게 아픈 일이 있었고, 슬픔에 잠겨 있는 날이 많았습니다. 제가 넋을 놓고 있을 때 아이가 뭔가를 물어봤어요. 저는 "응."이라고 대답을 했습니다. 온전한 대답은 아니었지만 그 대답이 맞긴 맞았어요. 그런데 아이가 재촉했습니다.

"엄마!"

"우주야, 엄마가 방금 "응."이라고 대답했잖아."

그런데 제 목소리가 너무 작아서인지 아이가 듣지 못했나 봅니다. "우주는 못 들었어요!"라고 말하는 아이를 보니, 욱하는 마음이 올라왔습니다.

"엄마는 우주가 못 들은 줄 몰랐지."

아이가 토라집니다. 저도 달래주기 싫은 마음이 올라왔어요.

이런 경우에 대부분 아이 기분이 풀릴 때까지 안고서 기다려주는데, 그날은 저도 마음이 너무 힘들었어요. 솔직하게 제 마음을 말해봅니다.

"바우주야, 엄마가 지금 마음이 복잡하고 힘들어서 너를 달래주기가 힘이 들어. 미안해. 우리 그냥 손잡고 있자. 그래도 될까?"

아이가 너무 흔쾌히 "네." 합니다. 그리고서 아이 손과 제 손을 악수하듯이 포갰는데, 그 순간 이전의 속상한 일들이 눈 녹듯 사라지는 것을 느꼈어요.

"우주야, 우리 손잡길 잘했다. 그렇지?"

아이는 순식간에 마음이 풀려서 평온한 얼굴이에요.

가벼워진 아이를 보니 제 마음도 편안했어요. 그 순간 제가 할수 있는 최선의 선택을 했어요. 평소 하던 것에 비하면 부족하지요. 그런데도 아이는 저의 그런 마음을 사랑으로 받았습니다.

아이를 매번 기다리게 하고, 토라진 아이를 내버려 두는 것은 안 되지요. 그동안 쌓아온 믿음이 있었기에 힘든 순간 제 마음을 솔직하게 말할 수가 있었습니다. 미안해하기보다는 "엄마가 지금은 이게 최선이야." 하고 이해를 구할 수 있었습니다. 그리고 제 진심을 알아준 아이에게 참 고마웠습니다.

아이가 원하는 건 크고 특별한 게 아니라는 것을 다시 한번 깨달았습니다.

12장

육아는
성장의 지름길

나를 잃어버린 것만 같았던
시간

아이들이 5살이 될 때까지 육아만 했어요. 잘 크고 있는 것인지, 아닌지 모르고 그저 '잘 컸으면 좋겠다' 하는 마음으로 열심히 배우고 노력했습니다.

어느 날 문득, 반짝반짝 빛나는 아이들이 보였어요. 웃는 아이들을 보면서 진정 행복하게 자라고 있구나 하는 확신이 들었지요.

그런데 그때부터 엄마인 저는 혼란스럽기 시작했어요. '나는 누구일까? 나는 어디로 가버리고 아이들의 엄마만 남았네. 나를 찾고 싶다'는 마음이 간절해졌어요.

차가운 가을바람을 맞으며 거리를 걷는데, 어디에서도 저를 찾을 수가 없었어요. 사람들 속을 걸으면서 알 수 없는 감정에 하염없이 눈물을 흘렸습니다. 어찌나 제 처지가 처량하고 슬프던지요. 희생인지 헌신인지도 모르고 오직 육아에 올인 했던 시간이 필름처럼 지나갔어요.

아이들만 잘 크면 더 바랄 것이 없다고 생각했는데, 잘 큰 아이들을 바라보면서 엄마인 저는 왜 그리도 슬픈 감정이 올라오는지 혼란스러웠습니다.

그런데 어디에서도 찾을 수 없었던 저를, 글을 쓰면서 만날 수가 있었어요. 아이들을 키우면서 경험했던 이야기들을 나누고 싶었고, 다른 사람들과 공유하고 싶었습니다.

살면서 가장 열심히 해본 것이 '육아'였기에, 그때는 할 이야기가 그것뿐이더라고요. 그렇게 글을 쓰며 나누던 어느 날 깨달았지요. 지난 육아의 시간 속에 제가 없었던 것이 아니었다는 걸요. 그 시간 속에 저는 여전히 존재하고 있었어요.

저를 잃어버렸다고 생각했던 그 시간 속에는, 그 어느 때보다 치열하고 아름답게, 제 삶을 살아낸 제가 있더라고요. 그것을 깨닫던 날 참 많은 눈물을 흘렸습니다. 아이들을 낳기 이전의 나와 지금의 내가 너무 달라서, 그렇게 새로 태어난 줄도 모르고 제가 사라졌다고 생각을 했습니다.

아이들을 키우면서 사랑을 배우고 노력했던, 그 모든 시간 속에 아름다운 제가 있었어요. 아이들에게 사랑을 주는 것이 저 자신에게, 사랑을 주는 것이었다는 것 또한, 알게 되었습니다. 아이들이 못난 저를 닮을까 봐 두려웠습니다. 엄마 닮으면 절대 안 된다며, 저와 다른 아이들로 키우려고 기를 쓰고 육아했어요. 그런데 지금은, 저를 닮은 아이들이 예쁘고 사랑스럽습니다.

"엄마 꽤 괜찮은 사람이야."라고 말해줄 수 있어 기쁘고, 아이들에게서 저를 닮은 부분이 보일 때 행복합니다.

한 인간이 치유하고 성장하는데, 사랑보다 큰 힘이 되어주는 것이 있을까요? 육아는 사랑을 배우는 시간이었고, 제가 사랑임을 깨닫는 시간이었습니다. 그 시간 속에서 아이들과 함께 울고 웃으며, 그렇게 치유하고 성장해 온 것이었어요.

끝이 안 보이는 긴 터널 속을 걷고 있는 것만 같은 육아의 시간을 보내고 계시나요? 어머님 자신을 잃어버린 것만 같아서, 슬프고 속이 상하시나요? 아니랍니다. 어머님은 지금, 그 어느 때보다 아름다운 삶의 한때를 보내고 계신 거예요. 지금의 그 시간이 어머님의 삶에 훌륭한 씨앗이 되어줄 겁니다.

그러니 열심히 사랑을 배우고 있는 자신을 격려해주고, 안아주세요.

아이들로부터 받은
배려 깊은 사랑

아이들을 키우면서 제 안에 사랑이 있었다는 것을 알았어요. 사랑이 없어서 사랑을 배워야 한다고 생각했던 그 시간 속에서, 제 안에 있던 사랑을 발견할 수가 있었습니다.

죄책감이 깊은 엄마였기에 잠들기 전 아이들을 울린 날에는 밤새도록 잠을 이루지 못하고 자신을 벌했어요. 그런데 다음 날 아침이 되면 아이들은 언제나 저를 보고 환하게 웃어 주었습니다. 지난밤의 일은 마치 없었다는 듯 말이지요. 그런 아이들을 보면, 제 마음 안에도 어느새 죄책감은 사라지고 사랑이 싹트는 걸 느꼈어요.

분노와 사랑은 양립할 수 없다고 하지요. 언제나 사랑이 죄책감을 이긴다는 것을 어느 날 갑자기 깨닫게 된 건 아니고요. 그런 일들이 반복되다 보니, 저도 모르는 사이에 죄책감을 조금씩 놓게 되었습니다.

아이들은 말은 못 했지만, 환한 미소로 저에게 말해 주었어요.

"엄마, 지난 일은 잊어요. 그랬다고 해서 우리의 존재가, 엄마의 존재가 변하지는 않아요. 우리는 사랑이에요."

제가 그 어떤 말과 행동으로 아이들을 아프게 해도, 아이들은 언제나 한결같이 저를 대했어요.

"엄마가 정말 좋아요."

엄마가 정말 좋아서 24시간 붙어 있으려고 하고, 뭘 하던 엄마와 함께하려고 했어요.

내면 여행을 하면서, 저를 있는 그대로 사랑해주는 온전한 사랑을 기다려 왔다는 것을 알았어요. 그런데 제가 사랑을 주어야만 한다고 생각했던 제 아이들로부터 바로, 그 온전한 사랑을 받았습니다. 그것을 깨달았던 날 얼마나 많은 눈물을 흘렸는지 모릅니다.

'나도 사랑받고 있었구나. 나도 사랑받는 존재구나' 그 깨달음이 저를 다시 태어나게 했습니다. 제 삶은 그날의 전과 후로 나뉜다고 해도 과언이 아닐 것입니다.

사랑받는 존재라는 그 충만한 느낌이 제 삶의 많은 부분을 바꾸어 놓았습니다. 실수해도 자신을 비난하지 않을 수 있었고, 예전보다 빠르게 죄책감을 놓고 사랑을 선택할 수가 있었습니다. 두려우면, 시도하는 것조차 꺼리던 지난날을 뒤로하고, 그런 저를 인정하고 안아주면서 앞으로 나아갈 수 있는 용기도 생겼습니다.

"이렇게 해도 나를 사랑해 줄 거야?"

하면서 끊임없이 사랑을 믿지 못하고, 시험하던 날들이 있었습니다.

아이들의 한결같은 사랑은 그 물음에 대한 대답이었는지도 모르겠습니다.

"엄마가 어떤 사람이든 우리는 엄마를 언제나 사랑합니다. 우리가 바라는 건 엄마가 행복한 거예요."

제가 아이들에게 그런 존재가 되고 싶어서 부단히 노력했어요. 아이들 또한 저에게 그런 존재입니다.

사랑받기 위해서 끊임없이 무언가를 위해 노력하고, 저 자신을 포장하며 살았던 지난 시간이 너무 아픕니다. 버림받을까 두려워서 자신을 솔직하게 표현하지 못했던 제가 아이들을 만나 비로소 자연스러운 사람이 되어갑니다. 아이들이 저에게 준 배려 깊은 사랑을 통해서 제가 사랑임을 알게 되었습니다.

당신의 내면 아이가 여전히 어두운 그곳에서 부모님의 사랑을 기다리고 있나요? 그 아이의 손을 잡고 나오세요. 그리고, 아이가 주는 사랑을 보세요. 아이와 함께 사랑을 나누세요.

아이가 주는 사랑을 받고, 엄마로서 아이에게 사랑을 주세요.

당신은 사랑으로 이 세상에 왔고, 지금도 그 사랑을 받고 있다는 것을 기억하세요.

제 아이들이 어릴 때 참 많이 불러주었던 노래가 있습니다.

"당신은 사랑받기 위해 태어난 사람. 당신의 삶 속에서 그 사랑 받고 있지요."

이 노래의 주인공, 바로 당신입니다.

배우고 노력하는 모든 순간이
사랑이었음을

저는 감정보다는 이성이 앞서는 사람입니다. 사랑이란 배워서 줄 수 있는 게 아니라고 생각하면서도, 할 수 있는 게 그것뿐이었기에 열심히 배우고 실천하려고 노력했어요.

아이의 마음에 공감할 때도 있었지만, 그렇지 못할 때가 더 많아서 "구나, 구나" 했습니다.

아이들과 24시간을 붙어서 모든 것을 함께 했지만, 마음은 허공을 떠다닐 때가 많았지요. 아이가 잠자기 싫어서 그러는 게 아니라, 정말 책이 재미있어서 그런다고 하길래, 졸음을 참아 가며 책을 읽어 주었습니다. 영혼은 안드로메다를 떠다닐지언정 몸이라도 붙어있으려고 애를 쓴 시간이었어요.

공감해주고 싶은데 어려워서 흉내만 내고, 함께 즐기고 싶은데 놀 줄 몰라서 아이가 하라는 대로만 했습니다. 울어보지 못해서 우는 아이를 달래는 것이 죽을 만큼 힘들었어요. 아이의 울음은 '내가 잘못해서' 나의 무능함을 증명하는 것만 같았습니다. 아이가 울음을 그칠 때까지 기다려주는 것만으로 충분했는데, 그때는 그걸 몰랐어요.

화를 내보지 못해서 화를 내는 아이를 자연스럽게 바라보는 게 힘들었고, 기쁨을 억압했기에 기쁨에 방방 뛰는 아이가 유난스러워 보였습니다. 저와는 다르게 자연스럽고, 자유로운 아이를 보는 게 힘들었고, 눈치 안 보는 아이들이 얄미울 때도 있었어요.

그랬는데 갈수록 몸이 편해지고, 마음이 편해집니다. 우는 아이 곁에서 어떻게 하면 그치게 할까 전전긍긍하지 않고, 그칠 때까지 기다릴 수 있습니다. 치유와 성장의 시간을 통해, 저도 이제 울어도 보고, 화도 내보고, 기쁨도 느끼고, 눈치도 안 보고 살겠다 선택하고 나니, 아이들과 함께 하는 시간이 힘들지 않습니다.

밑 빠진 독처럼 채워도 채워지지 않는 듯 엄마만 찾던 아이들은, 어느새 자라서 자신들만의 놀이를 합니다. 모든 것을 엄마와 함께해야 직성이 풀리던 아이들이었는데, 이제는 둘이서 논다고 엄마는 나가 달라고 합니다. 지난 시간을 떠올리면 부족했던 제가 보여서 자책을 많이 했어요.

이제는 알 것 같아요. 그 시간은 사랑을 흉내 낸 것이 아니라, 사랑을 배우기 위해 노력한 시간이었다는 것을요. 아이에게도 노력하는 엄마, 그것만으로 충분하다는 것을요. 영혼 없이 빈 몸뚱이만 내어줄 수 있었지만, 분명 그 시간 속에서 저와 아이들이 사랑으로 함께 하고 있었다는 것을요.

저는 제가 소중하지 않은 사람이라 생각했어요. 불행하다고 생각을 했고요. 내가 부족해서 사랑을 못 받은 줄 알았지요. 그래서 늘 사랑받기 위해 무언가를 하려고 애를 썼지요. '이렇게 하면 나를 사랑해 줄 거야?' 엄마가 되고도 긴 시간을 그렇게 어린아이의 마음으로 살았습니다. 그런 제가 아이들의 있는 모습 그대로를 사랑해 주려니, 얼마나 힘이 들던지요.

받은 게 없어서 주는 게 너무 어려운 제 신세가 처량해서 울기도 하고, 부모님도 많이 원망했습니다. 치유하는 과정을 통해서 제 부모님 또한, 그때는 그것이 최선이었다는 것을 깨달았어요.

저도 아이들을 키우면서 실수 많이 했지요. 제가 좋다고 믿어서 아이들에게 주었던 것이, 시간이 지나고 보니 그렇지 않은 경우도 있었고요. 그때로 돌아간다면 저는 다른 선택을 할 수 있을까요? '그저 그때는 그것이 최선이었다'라는 것을 받아들입니다.

그래도 저는 배울 수 있었다는 것에 감사합니다. 사랑을 배우고 실천하려고 노력할 수 있어서, 저 스스로 그것을 선택할 수 있어서 행복합니다.

어린 시절을 치유하면서 부모님을 원망하기도 했는데, 아이들을 키우며 사랑을 배우고, 제가 사랑임을 깨닫게 된 지금은 저에게 생을 선물해 준 부모님께 감사합니다. 사랑을 주는 게 힘들어서 많이 울기도 했어요. 사랑을 배워야만 줄 수 있는 엄마라서 미안했어요. 제 안에 사랑이 없어서 배워야 한다고 생각을 했거든요.

지금은 알아요. 사랑을 배우고 노력했던 그 순간들이, 제 안에 잠들어 있는 사랑을 깨우는 과정이었다는 것을요. 당신 안에 사랑이 있다는 것을 믿으세요.

우리가 해야 할 일은, 내 안에 존재하고 있던 사랑을 발견하는 것뿐이랍니다.

"흔들리지 않고 피는 꽃이 어디 있으랴."

보이지 않는 캄캄한 터널 속을 걷고 있는 기분이 들 때는 두려움에 도망치고 싶기도 하지만, 우리는 엄마이기에 흔들리면서도, 기꺼이 그 길을 가고 있지요.

아이를 키우듯 엄마 자신도 그렇게 키워가면서, 그저 노력을 멈추지 않고 있네요. 그저 노력하는 것. 그것이 엄마도 아이도 행복해지는 길이었습니다.

육아는
축복이다

육아는 예상보다 훨씬 더 많이 힘들었습니다. 쌍둥이라는 것을 알았던 순간 너무 행복했는데, 내가 전생에 무슨 큰 죄를 지었길래 쌍둥이를 낳았을까 원망이 들었습니다. 건강하게만 자라주면 소원이 없겠다 했던, 처음의 그 마음도 어느새 사라졌지요.

육아가 너무 괴로웠습니다. 늘 아등바등 살았기에 도망치는 생각조차 못 하고 살았는데, 육아하면서는 처음으로 도망치고 싶다는 생각을 했습니다. 그만큼 육아는 이전에 미처 해보지 못했던, 수많은 경험의 집합체였습니다.

책을 쓰면서 자연스레 지나온 시간을 떠올리게 되었어요. 저도 모르게 감정이 올라와서 눈물이 흐르기도 하고, 행복했던 기억이 떠오를 때는 미소가 번지기도 했지요.

많이 힘들고 아팠습니다. 그런데 지나고 보니 알겠습니다. 아프고 힘들었던 그 시간 속에서도 분명 행복했던 시간이 더 많았다는 것을요.

사랑을 온전히 바라보는 것이 힘들었기에 하루 종일 행복하게 지내다가도, 한번 버럭 화를 낸 후에는 이전의 사랑을 보지 못했습니다. 한 번이라도 화를 낸 날에는 화를 냈다는 사실만 기억날 뿐, 그 외에 행복했던 시간은 모조리 지워져 버렸습니다.

그러나 아이들은 언제나 사랑을 가져갔기에 제가 죄책감으로 바라보던 순간조차 저를 보면서 환하게 웃어주었습니다. 24시간 중 엄마가 화를 내는 단 몇 분의 시간은 아이들에게 그리 중요한 게 아니었나 봅니다. 그런 아이들과 함께하다 보니 이제는 저도 아이들에게 물들어 갑니다.

우리에게는 불행했던 기억보다, 행복한 기억이 분명 더 많다는 것을 압니다. 사랑으로 빛나는 아이들을 보며 그러지 못한 제가 안쓰러워 울었던 시간들이 있습니다. 지금은 그런 지난날을 뒤로 하고, 저 또한 그런 존재임을 압니다. 이렇게 힘든 육아를 왜 축복이라고 하는지 도무지 모르겠다 했습니다.

그랬던 제가 지금은 어머님들께 육아가 축복이라고 말합니다. 아이를 키우고, 엄마인 나를 키우는 육아. 이래도 저래도 결국 남는 것은, 사랑밖에 없다는 것을 알게 해준 육아. 육아는 진정 축복입니다.

육아의 완성은
행복한 가정

육아는 진정 아이만이 아니라 부모 또한 키우는 일입니다. 아이들을 배려 깊게 사랑하고 싶어서 끊임없이 고민하고 노력한 그 시간을 통해 제 안의 사랑을 만날 수가 있었습니다. 두 아이가 아름다운 사람으로 성장해 가는 모습을 지켜보면서 육아가 사랑이 아니라면 무엇일까 생각이 들었습니다.

육아를 통해 제 안의 사랑을 만났고, 제가 사랑임을 알게 됐고, 모두가 사랑임을 알게 되었습니다. 사랑하는 남편이 가끔은 원수처럼 느껴지는 날도 있었습니다. 지금도 가끔 남편과 투닥거릴 때가 있지만, 그 시간이 짧고 언제나 웃음으로 마무리가 되니 그것 또한 서로를 알아가는 소중한 시간입니다.

갈수록 남편이 저의 가장 든든한 내 편이라는 걸 깨달아 갑니다. 제 부모님께 받지 못한 사랑을 남편에게 바랐고, 주지 않는 남편을 원망했습니다.

남편을 이해해주기보다는 문제점을 지적하고, 바뀌길 바랐습니다. 내 모습 있는 그대로를 존중하고 사랑해 달라고 하면서 저는 그러지 못한 때가 많았어요.

제가 한참 내면 여행에 심취해 있을 때는 남편이 답답해 보였습니다. 화가 나도 화내지 못하는 남편, 자기 목소리를 내는 것이 너무 힘든 남편. 참는 게 미덕인 줄 아냐며 남편을 궁지로 몰아넣었습니다. 지나고 나니 보이더군요. 남편이 언제나 최선의 선택을 해왔다는 것을요. 그리고 그런 남편이 있었기에 지금의 우리 가정이 있다는 것도요.

남편은 큰 소리가 나는 것을 싫어합니다. 저는 감정을 비교적 자유롭게 표현하는 사람이고요. 예전에는 남편을 붙들고 말 좀 하라며 닦달한 적이 많았지만 지금은 저도 가만히 있어야 할 타이밍을 잘 압니다. 일이 커질 것 같다 싶으면 그냥 조용히 있는 것을 선택합니다. 남편을 힘들게 하고 싶지 않기 때문입니다.

남편이 저에게 남편으로서 줄 수 있는 최선의 사랑을 주고 있다는 것을 알았을 때, 얼마나 가슴이 충만해지던지요.

"우리 영애 하고 싶은 거 다 해."라고 말해 주었던 그날의 그 감동을 지금도 잊지 못합니다. 부모님께 듣고 싶었던 그 말을 남편에게 바라고 있다는 걸 알았지만, 내려놓는 것이 너무 힘들었어요.

제 안의 어린아이가 아직도 부모님을 기다리고 있었기에, 그 사랑을 받을 수 없다는 걸 받아들이기까지 긴 시간이 필요했습니다. 그런데 아이러니하게도 그 마음을 내려놓고 난 후, 비로소 그 말을 들을 수가 있었어요.

저와 남편 안에 분노가 있을 때는 저희 부부가 작은 목소리로 대화를 하는데도 아이들이 "엄마, 싸우는 거예요?" 했습니다. 지금은 말다툼을 해도 언제나 웃음으로 마무리가 된다는 것을 알기에 아이들도 편안합니다.

빛나는 아이들이 사랑이었고, 그 아이들을 낳은 저와 남편이 사랑이었습니다. 배려 깊은 사랑 안에서 우리 가족이 이렇게 행복하게 살아갑니다. 육아를 통해 배운 것은 '사랑'이었습니다.

13 장

아름다운

아이들

서로가
그렇게 좋아?

저희 둥이 말이에요. 둘이서 어찌나 꽁냥 꽁냥 사이가 좋은지 모릅니다. 보고 있으면 저와 남편 입이 귀에 걸리지요.

"엄마, 세상에서 엄마가 가장 좋아요."라는 말을 하루에도 몇 번씩 해주는데, 누가 가장 좋으냐고 물어보면 자기 자신 다음으로 서로가 좋다고 합니다. 이 무슨 모순이란 말인가!

"엄마 서운해. 정말 우주가 제일 좋아?" 물어도 엄마는 그다음 이라고 말할 수 있는 이 배짱!

어릴 때 엄마를 차지하기 위해서 경쟁해야 하는 아이들이 안쓰 러워서 제가 힘들어도 언제나 둘을 함께 품었어요. 한 아이 안고 있는데, 한 아이가 질투하면서 오면 아무렇지 않게 그 아이도 안 았어요. 그 시간을 지나오면서 아이들은 서로의 존재가 '축복'이 되었네요.

물론 제가 완벽하게 다 해내지는 못했지요. 그런데도 아이들은 서로에게 가장 좋은 친구이자, 형제로 자라고 있습니다. 갈수록 서로를 더 많이 배려하는 모습이 보여요. 정말 놀랄 때가 많답니다.

치과 치료하러 간 우주가 걱정됐는지 바다가 전화를 해서 우주에게 그래요.

"우주야, 너 겁나?"

"응"

"내가 해봤잖아. 진짜 안 아팠어. 걱정 마."

"응, 그래."

쏘쿨하지만 애정이 듬뿍 담긴 둘의 대화. 치료 끝나고 돌아온 우주를 위해 현관에서 우주의 애착 베개를 들고 기다려 주기도 합니다. 서로에게 필요한 것이 있을 때는 부탁하지 않아도 센스

있게 갖다주고, 고맙다는 말도 바라지 않아요. 그리고 외출할 때는 서로의 신발을 가지런히 놓아주기도 합니다.

이 어린 아이들이 서로를 위하는 마음이 얼마나 아름다운지요. 어른인 제가 아이들에게 배울 때가 많습니다. 사이 좋은 형제 자매를 보는 것은 부모에게 더 없이 큰 기쁨이지요.

남편과도 종종 이런 대화를 나누곤 합니다.

"우리 아이들이 이렇게 사이가 좋은 것만으로도 충분히 감사해."

사랑의 공장

우리 아들 마음 안에는 사랑의 공장이 있다고 해요. 엄마가 준 사랑으로 지은 공장이랍니다. 그곳에서는 사랑의 기계가 계속해서 사랑을 만들어 낸답니다. 그래서 우리 아들은 사랑이 넘친다고 해요.

지금은 새로운 검사 기계를 만드는 중이랍니다. 사랑인지 상처인지를 검사해서 상처가 발견되면 사랑의 레이저로 서서히 녹여 준 대요. 내일 일어나면 엄마 마음에도 그 기계가 복사되어 있을 거라고 합니다.

지금 제 마음에도 그 기계가 장착되었습니다. 아이들과 나눈 이 사랑의 대화가 눈물 나게 고맙습니다.

"엄마, 충분히 울고요"

속상한 바다가 제 곁에 와서 울었어요.

저는 아이를 안고 그저 기다려 주었지요. 시간이 지나 잠잠해진 것 같아서 아이에게 말했어요.

"바다야, 이제 가서 놀까?"

바다는 말이 없고, 옆에 있던 우주가 말했어요.

"엄마, 바다 충분히 울고요."

아차차⋯ 아직 아니구나.

"아, 어, 그래. 아직 다 안 울었구나. 응, 알겠어."

아이는 충분히 울어야 감정의 찌꺼기가 남지 않는다는 것을 스스로 배웠습니다. 솔직하고, 당당하고, 자연스러운 아이를 보면서 저도 배웁니다. 5분쯤 지났을까 아이가 말했어요.

"엄마, 울긴 다 울었는데 아직 기분이 안 좋아요."

"그래, 바다야, 괜찮아. 엄마 계속 곁에 있을게."

아이는 조금 지나서 언제 그랬냐는 듯이 밝게 웃으며 놀러 갔어요. 아이는 자신의 감정이 어떤 상태인지, 어느 정도인지를 아주 섬세하고 정확하게 압니다.

마음껏 소리 내어 울어보지 못한 엄마라서, 우는 아이들을 보는 것이 참 많이도 힘들었습니다. 아이들이 울 때 해결하지 못하는 저 자신이 무능하게 느껴져서 괴로웠고요. 제가 할 수 있는 것은 그저 기다림 밖에 없다는 걸 깨달은 그 날부터 비로소 편해질 수가 있었습니다.

상실 수업에 이런 구절이 나옵니다.

"30분 울어야 할 울음을 20분 만에 그치지 마라."

그 작은 아이가 자신의 감정을 온전히 느끼면서 치유하고 있다는 것에 그저 감사한 마음뿐입니다.

육아가 곧 삶, 나는 나를 믿기로 했다

육아는 저에게 참 특별한 것이었어요. 그동안 살면서 가장 열심히 한 일이 바로 육아였습니다.

한 번도 해보지 못한 극한의 일. 영혼을 갈아 넣어야만 가능했던 일. 너무 열심히 했던 육아였기에, 그것을 놓아버린 후의 삶이 걱정될 정도였지요. 그런데 육아가 그저 제 삶의 일부였다는 것을 알았습니다.

저는 늘 열심히 살았어요. 그리고 아무리 힘들어도 제 삶을 포기하지 않았습니다. 스스로가 행복하지 않은 사람이라고 생각했지만, 언제나 주어진 상황 속에서 저의 행복을 위한 최선의 선택을 해왔어요. 제 모습 있는 그대로를 사랑해주지 못했지만, 자신을 사랑하려고 노력했습니다.

돌이켜보니 육아 또한 그렇게 했더라고요. 삶을 대하는 태도와 마찬가지로 육아 또한 열심히 최선을 다했습니다. 포기하고 도망치고 싶은 순간에도 그러지 않았고요. 아이들을 사랑으로 키우고 싶어 온 마음 다 해 노력했습니다.

그런 노력 속에서 제 삶이 하나씩 바뀌기 시작했어요.

"나의 있는 모습 그대로를 인정하고 싶다." 했더니 그렇게 되어 가는 중입니다. 여전히 부족한 점도 많고, 실수도 많이 하지만, 그런 저를 안아줄 수가 있습니다. 모른다고 말하는 것이 힘들었던 사람인데 배울 수 있다는 것이 얼마나 큰 기쁨인지 알아가고 있습니다.

배우는 것이 즐겁고 행복해서 매일 아침 눈을 뜰 때 설렙니다. 제가 제 안의 어둠을 대면하기 전에는 저의 밝음이 가짜인 줄 알았습니다. 사람들이 아무리 저에게 유쾌하고 밝은 사람이라고 말을 해도, 속으로 이렇게 말했지요.

'너희들이 내 안의 어둠을 알아? 이건 나만이 알고 있는 거야. 알면 나를 떠나겠지'

겉으로는 밝은데 속은 어두우니 그사이에 분리가 일어나 행동이 부자연스러울 때가 많았습니다. 제 안의 어둠을 대면하고 나서야 비로소 저의 밝음이 진짜였다는 것을 깨달았습니다.

"나 정말 밝은 사람이었구나. 이게 진짜 내 모습이었네."

눈치 보지 않고, 꾸밈없고, 자연스러운 아이들이 참 부러웠는데 저도 그런 사람이 되어가고 있습니다. 그러니 육아도 갈수록 자연스러워지네요.

제가 저를 바라보는 시각이 바뀌고 삶을 대하는 태도가 긍정적으로 바뀌니 육아도 그렇게 됩니다. 육아에 있어서 부모의 성장이 반드시 필요한 부분이라고 생각을 합니다.

그러나 아이러니하게도 부모의 성장에 가장 큰 역할을 하는 것이 바로 '육아'입니다. 성장이 내가 사랑임을 아는 것이라면 육아는 가장 깊고 빠르게 우리를 그 길로 인도합니다.

사랑하는 우리 아이들을 위해 사랑을 배우기로 해요. 가슴에 잠들어 있는 사랑을 깨우는 일이 너무 고통스러운 과정이라는 것을 잘 알고 있지만, 당신 안에 그 힘이 있다는 것을 믿으셨으면 좋겠습니다.

열심히 하면서도 '잘 하고 있는 걸까?' 늘 불안했습니다. 자신을 믿지 못했기에 아이들을 믿기 위해 노력할 뿐이었습니다. 제가 저를 믿으며 고유한 육아를 하고 있는 지금, 더 이상 불안하지 않다는 것이 얼마나 감사한지 모르겠습니다.

'나 잘하고 있구나, 이렇게 가면 되는 거구나'

아이들을 믿어 주기 위해서 노력했던 날을 뒤로하고, 아이의 있는 모습 그대로를 볼 수 있게 되었습니다.

어떤 특별한 경험이 있어서 그렇게 된 것은 아니었습니다. 저는 그저 하루하루 삶을 살았고, 육아를 했을 뿐이지요. 그 시간이 저도 모르는 사이에 쌓여서 뿌리를 깊게 내리고, 부는 바람에도 버틸 수 있는 힘을 키울 수가 있었습니다.

우리가 보내는 지금, 이 순간들이 우리와 아이들을 성장시키고 있다는 것을 잊지 않았으면 합니다. 이 한 권의 책이 여러분께 작은 희망이 되기를 소망합니다.

당신을 위한 육아 나침반

초판인쇄	2021년 7월 8일
초판발행	2021년 7월 15일
지은이	조영애
발행인	조현수
펴낸곳	도서출판 프로방스
마케팅	최관호 신성웅
편집	권 표
디자인	호기심고양이
주소	경기도 고양시 일산동구 백석2동 1301-2 넥스빌오피스텔 704호
전화	031-925-5366~7
팩스	031-925-5368
이메일	provence70@naver.com
등록번호	제2016-000126호
등록	2016년 06월 23일

정가 15,800원

ISBN 979-11-6480-147-3 03810